Juliane Drechsel

Tränen am Meer

Urlaub mit Heribert

Roman

Impressum

© 2020 Juliane Drechsel
Umschlag, Illustration: Juliane Drechsel
Verlag & Druck: tredition GmbH,
Halenreie 40-44, 22359 Hamburg

ISBN:
Paperback   978-3-347-00653-9
Hardcover   978-3-347-00654-6
e-Book   978-3-347-00655-3

Bibliografische Information der Deutschen Nationalbibliothek: Die Deutsche Nationalbibliothek verzeichnet diese Publikation in der Deutschen Nationalbibliografie; detaillierte bibliografische Daten sind im Internet über http://dnb.d-nb.de abrufbar.

Am Ende wird alles gut.
Und wenn es nicht gut ist,
ist es noch nicht zu Ende.

1.

Eva steckt in der Krise: Nächsten Monat wird sie sechzig Jahre alt. Sie sitzt am Schreibtisch und grübelt. Eigentlich sollte man diesen Geburtstag mit Familie und Freunden groß feiern. Aber was macht man, wenn man keine Familie in der Nähe und keine guten Freunde hat? Wen sollte sie einladen? Eva lebt allein. Nur ihr Sohn, der vierzig Kilometer entfernt wohnt, besucht sie gelegentlich. Ihre noch lebenden Geschwister wohnen alle über dreihundert Kilometer weit entfernt. Außer einem Gruß zu Weihnachten und zum Geburtstag hat sie kaum Kontakt zur Verwandtschaft, die sie zuletzt vor vier Jahren bei einem Familientreffen im Schwarzwald getroffen hatte.

Und viel Platz hat sie in ihrer kleinen Wohnung sowieso nicht. Es müssten Hotelübernachtungen organisiert werden. Wen könnte sie sonst einladen? Sie hat nicht einmal eine wirkliche Freundin und auch keinen Freund, nur viele Bekannte, die man mit einem fröhlichen Hallo begrüßt, ein paar freundliche Worte wechselt und weitergeht.

Als ihr Sohn vor fast zehn Jahren auszog, um zu studieren, hatte Eva ihren langjährigen Partner verlassen, um frei zu sein.

Vor drei Jahren beendete sie ihre zweijährige Beziehung mit Ed. Sie hielt es nicht mehr mit ihm aus, weil er ständig etwas herumzunörgeln an ihr fand.

Eva fühlt sich einsam. Besonders wenn sie von vielen Menschen umgeben ist, die sich über ihren Kopf hinweg unterhalten und ihr sehr oberflächlich erscheinen. Nur auf Reisen trifft sie Gleichgesinnte und fühlt sich wohl.

Die Lösung für ihr Geburtstags-Dilemma ist eine Reise nach Ägypten. Dort hatte Eva sich schon einmal verliebt und einige Geburtstage gefeiert. Am Roten Meer hat sie sich immer sehr wohl gefühlt. Die Ägypter sind ihr sehr sympathisch und besonders gastfreundlich.

Eva informiert Verwandte und Bekannte.

„Ich fliege nach Ägypten, um dort meinen 60. Geburtstag zu feiern. Wer kommt mit?"

Obwohl Eva sich freuen würde, rechnet sie nicht damit, dass jemand mitkommen würde. Eine Chorfreundin zeigt Interesse, kann sich aber nicht entschließen. Mit guten Wünschen begleitet, fliegt Eva allein.

2.

Um fünf Uhr morgens steht sie auf, lässt sich zum Bahnhof fahren und gibt ihren Wohnungsschlüssel dem Vorstandskollegen aus dem Sportverein, der ihre Blumen gießt und das Postfach leert.

Um neun Uhr sitzt sie im Flieger von Hamburg nach Hurghada. Der Kapitän begrüßt die Fluggäste: „Nach vier Stunden Flugzeit und circa tausend Meter Höhe erwartet uns in Hurghada Sonnenschein bei achtzehn Grad."

Zum Frühstück werden je eine Waffel und ein Getränk gereicht. Warme Mahlzeiten und alles Weitere ist kostenpflichtig.

Eva liest ein wenig, bis ihre Augen wehtun von der trockenen Luft. Die Fluggäste haben die Möglichkeit, direkt an ihrem Platz mit einem Kopfhörer Musik zu hören oder einen Film zu sehen. Eva hat Glück, dass ihre Kopfhörer passen. Nach dem Film kommt eine Durchsage: „Wir halten weiter süße und salzige Snacks für Sie bereit, die Sie kaufen können."

Es werden noch einmal Getränke angeboten. Eva trinkt einen Kaffee und ein Wasser. Während des Landeanflugs über Hurghada sind die Wüste und das Rote Meer zu sehen. An der Küste entlang reihen sich zahlreiche Hotelressorts mit ihren großzügigen hellblau leuchtenden Pools.

Es ist angenehm warm in Ägypten. Nach der Passkontrolle hält Eva mit ihrem Koffer Ausschau nach dem FTI Schild. Ein freundlicher Ägypter verteilt die Reisenden in die bereitstehenden Busse und die Autos für die jeweiligen Hotels und gibt ihnen Informationen für ihre Unterkunft mit. Er schickt Eva zu einem PKW, wo sie wartet.

„Der Fahrer bringt Sie zum Hotel. Sie fahren vierzig Minuten mit dem Auto. Leider ist der andere Gast, der noch mitfahren sollte, nicht gekommen. Morgen gehen Sie bitte zur Informationsveranstaltung im Hotel. Dort erfahren Sie alles Weitere und Ausflugsangebote", sagt der Mann zu Eva.

Der junge Ägypter packt Evas Koffer in den Kofferraum. Sie steigt hinten ein. Schweigend fahren sie bei leiser ägyptischer Musik im Radio nach Safaga. Zwischendurch klingelt das Handy des Fahrers. Er telefoniert. Dann hält er vor dem Hotel Lotus Bay, steigt aus, öffnet die Wagentür und stellt den Koffer ab.

„It's your hotel", sagt er.

„Thank you", erwidert Eva und gibt ihm einen Euro.

Ein anderer Ägypter nimmt den Koffer und führt sie durch die einladende Empfangshalle zur Rezeption.

„You are welcome", sagt er und wartet, bis sie ihren Zimmerschlüssel bekommt. Dann nimmt er den Koffer und führt sie zu einem Bungalow in der Gartenanlage.

Vom Balkon aus sieht Eva das Meer. Rot, gelb und weiß blühende Sträucher, bunte Blumen und Palmen säumen die Wege durch die Anlage mit dem großen Pool in der Mitte – wunderbar.

"It's a good room."

"Yes, thank you", antwortet Eva und gibt ihm ebenfalls einen Euro.

Sie wechselt die Jeans in ein leichtes Sommerkleid.

Mit ihrer Spiegelreflex-Kamera hält sie die ersten Eindrücke fest. Sie fotografiert das Zimmer, die wundervolle Aussicht auf den Garten, den Strand und das Meer. Dann geht sie spazieren und schaut sich die Anlage an. Es ist vier Uhr nachmittags. Sie bekommt noch den letzten Kaffee an der Poolbar, bevor sie schließt. Danach geht sie weiter an der Strandbar vorbei, wo Essen und Getränke angeboten werden. Ein Ägypter stellt sich in Pose, um fotografiert zu werden. Eva tut ihm den Gefallen. Und noch ein Foto mit den Shisha rauchenden Freunden von der Strandbar. Der erste Eindruck ist wie erwartet super.

Sie geht mit den Füßen im Wasser am Strand spazieren und spürt den angenehm leichten Wind. Die rauschenden Wellen wirken entspannend. Tief atmet sie durch und fühlt sich wohl.

Die Sonne verschwindet hinter den Häusern und den Palmen. Es wird langsam kühl.

Abends um sieben Uhr geht Eva zum Essen ins Restaurant. Sie setzt sich zu drei jungen Leuten an den Tisch. Die beiden Frauen bringen ihre Begeisterung über das Hotel, den Strand und das Meer zum Ausdruck. Der junge Mann konzentriert sich ganz auf das Essen und stopft sich schweigend den Mund voll. Es gibt ein reichhaltiges Buffet zur Auswahl, Salate, Schafskäse, Gemüse, Fisch und vieles mehr. Eva trinkt ein Glas Rotwein zum Essen. Auf die vielen Süßigkeiten verzichtet sie. Der Kellner zeigt ihr die Bar nebenan, wo sie eine Flasche Wasser fürs Zimmer erhält. Nach einem Spaziergang durch die Anlage geht Eva zu Bett, schreibt ein paar Seiten, und schläft zufrieden ein.

3.

Früh um sechs wacht sie auf, hört das Meer rauschen und fröhliches Vogelgezwitscher. Keine Krähen wie zuhause und kein Hundegebell wie in der Türkei, Gott sei Dank. Erstmal will sie den Sonnenaufgang über dem Meer fotografieren. Es ist kalt draußen, sodass sie schnell die Balkontür schließt. Dann ein paar Yogaübungen, den Sonnengruß, um richtig wach zu werden.

Von sieben bis zehn Uhr wird Frühstück angeboten. Eva lässt sich Zeit und geht kurz nach acht. Wie am Abend zuvor gibt es ein reichhaltiges Buffet. Verlockendes Gebäck, Eier in allen Variationen, Käse, Salate, Obst und vieles mehr stehen zur Auswahl.

Bis zur Info um halb elf geht Eva spazieren, trifft einige Urlauber und unterhält sich mit ihnen. Die Resonanz ist durchweg positiv. Die Gäste sind hier sehr zufrieden.

Bei der Info gibt der Reiseleiter Adam weitere Details wie Internet, Sport- und Ausflugsmöglichkeiten bekannt.

Eva entscheidet sich für eine Busreise nach Kairo und zu den Pyramiden am Donnerstag und eine Fahrt nach Hurghada am Samstag für insgesamt 85 Euro, die sie sofort bei Adam bezahlt. Bis auf die Pyramiden hat Eva schon vieles in Ägypten gesehen, war auf Nilkreuzfahrt und hat die Tempelanlagen von Luxor bis Assuan und Abu Simbel in der Wüste besichtigt. Auch

Hurghada kennt sie bereits von früher. Aber diese Busfahrt ist inklusive für alle, die Kairo gebucht haben.

Eine Katamaranfahrt ab Makadi Bay, die immer mittwochs stattfindet, wäre noch zu überlegen.

Ein grauhaariger schlanker Teilnehmer um die 60 stellt sich als Heiner vor. Er ist auch sehr an den Ausflügen interessiert, will sich aber später entscheiden. Eva unterhält sich nach der Veranstaltung mit ihm über die Sehenswürdigkeiten in Ägypten.

Es ist inzwischen sehr warm in der Sonne. Bis zum Mittagessen ab ein Uhr geht Eva am Strand und in der Anlage spazieren, trinkt einen Tee an der Poolbar und schreibt ihre ersten Eindrücke in ihr Büchlein, das sie immer bei sich hat.

Mittags gibt es wieder das große Buffet. Eva stellt ihren Salat auf den Tisch, wo eine gleichaltrige schlanke Frau ihren Teller stehen hat und geht wieder zum Buffet. Von dort sieht sie, wie die Schlanke ihren Teller weg nimmt und sich an einen anderen freien Tisch setzt. Diese Szene wird von einigen Leuten mit Kopfschütteln wahrgenommen. Irritiert isst Eva ihren Salat und probiert die verlockenden Süßspeisen. Danach noch einen Kaffee draußen in der Sonne.

Im schicken Strandkleid mit der Badetasche in der Hand geht sie zum Strand. Ein Ägypter kommt ihr entgegen und zeigt ihr die Einrichtung des Spa-Centers.

„We have sauna and massage, look here."

Weil Eva leichte Verspannung in der Schulter hat, ist sie interessiert und sagt: „I come back."

Er bietet ihr gratis eine Probemassage von Sarah an. Eva willigt ein. Sarah massiert ihr fünf Minuten den Rücken richtig gut durch. Eva bucht eine Massage für 25 Euro am Montag und verspricht, das Geld bis fünf Uhr am Abend zu bezahlen.

Sie schwimmt im Roten Meer, bevor es zu windig wird. Das Wasser ist über zwanzig Grad warm und schön klar.

Nach dem Duschen bringt sie Ahmed und Sarah das Geld für die Massage. Nach einem Kaffee an der Strandbar schlendert sie dann zum fünf Minuten entfernten Einkaufs-Center, wo sie vor sechs Jahren zum ersten Mal in Ägypten war. Das ehemalige Hotel Holiday Inn dort heißt jetzt Lamar.

Wie damals steht Alex vor seinem Parfümshop. Eva erkennt den letzten Laden in der Reihe wieder, wo sie damals ihr Cleopatra-Parfum gekauft hatte und zum Geburtstag ein Papyrus mit einem Cleopatra-Bild geschenkt bekommen hatte. Alex erkennt sie nicht wieder und stellt sich als Raoul vor. Er spricht gut deutsch.

„Ich habe dich noch als Alex in Erinnerung, als ich hier vor sechs Jahren mein Parfüm gekauft hatte."

„Oh, das ist lange her. Alexander ist mein ägyptischer Name und Raoul ist mein Spitzname", antwortet er.

Kein Wunder, dass er Eva nicht erkennt, obwohl er damals heftig mit ihr geflirtet hatte. Eine Woche lang haben sie sich fast täglich getroffen und gingen abends aus. Damals war sie natürlich brünett und hatte eine

14

andere Frisur. Heute sind ihre Haare etwas länger und blond gesträhnt. Außerdem kommen und gehen hier unzählige Touristen ein und aus. Eva ist es ganz recht, nicht von ihm erkannt zu werden. Sie möchte diese Freundschaft nicht auffrischen.

Eva geht weiter. Am nächsten Laden bietet ein älterer Ägypter Textilien an. Er sagt, dass er sich an sie erinnert, Oberägypter vergessen nicht, sagt er freundlich. Im nächsten Souvenirshop lässt ein junger aufdringlicher Ägypter Eva nicht gehen, bevor sie ein Delphin-Souvenir für fünf Euro kauft. Es ist aus Alabaster und leuchtet bei Nacht. Ein schönes Geschenk für Evas Sohn.

Eva sei die erste und einzige Kundin heute in seinem Laden, jammert der Verkäufer. Dass ein Ägypter lästig wird, kommt schon mal vor, aber selten. Schnell raus, es wird schon dunkel. Beim nächsten Parfümladen wird Eva wieder angehalten.

„Nur kurz schauen", sagt der junge Mann freundlich. Im Laden schenkt er Eva ein Flacon und gibt ihr seine Visitenkarte mit. Eva bedankt sich und verspricht, seinen Laden weiterzuempfehlen. Die Parfum Angebote sind hier alle gleich gut.

Beim Abendessen setzt sich Heiner zu ihr an den Tisch. Er hat das seltsame Verhalten der Schlanken beim Mittagessen gesehen. Und er ist nicht der Einzige, der diese Szene beobachtet hat.

„Die Russin hat mich während der ganzen Fahrt vom Flughafen zum Hotel zugetextet. Die sucht

Anschluss, hat mich einfach gefragt, ob sie mit mir fahren kann anstatt mit dem Bus", erzählt Heiner.

„Ich wäre lieber mit dem Bus gefahren als ganz allein mit dem Auto. Mein Fahrer hatte wohl keine Lust, mit mir ein paar Worte zu wechseln", sagt Eva.

Sie unterhalten sich über Ausflüge und wie schön es hier ist. Nach dem Essen verabschiedet sich Eva und geht noch eine Runde durch die Anlage spazieren. Vor dem Souvenirshop an der Strandbar steht ein junger Ägypter.

„Kommen Sie rein. Schauen Sie", sagt er mit einer einladenden Geste. Eva sagt, dass ihre Schuhe vom Strand schmutzig sind. Kein Problem, sagt der freundliche Mann und legt ein Fußabstreifer vor den Eingang. „You can clean."

Okay, Eva schaut sich um und stößt mit ihrer Tasche ein kleines Souvenir um, dass es zerbricht. Sie hebt das zerbrochene Porzellan auf und fragt, was es kostet. Der Ägypter will dafür kein Geld nehmen und sagt stolz: „Ich bin ein Moslem."

Eva lauscht dem Meeresrauschen und schaut in den Himmel. Die Sterne leuchten und sind zum Greifen nah. Es ist sehr windig am Strand. Ägyptische Musik ist in der Nähe des Restaurants zu hören.

Drei Animateure tanzen auf der Bühne. Eva schaut von der Bar aus zu und trinkt ein Glas Rotwein. Einige Urlauber sitzen an den Tischen und unterhalten sich. Weiter hinten sitzt Heribert und beobachtet Eva. Sie war ihm schon im Restaurant aufgefallen. Seine Augen zeichnen die Linien ihres Körpers nach. Ob sie allein ist? Er will sie später fragen.

Eva holt eine Flasche Wasser an der Bar und geht ins Zimmer. Von dort hört sie die Musik beim Schreiben weiter und schläft kurz vor Mitternacht ein.

Der Gesang des Iman weckt Eva um fünf Uhr. Sie liest bis zum Sonnenaufgang, den sie nicht verpassen will. Vom Balkon aus fotografiert sie die Sonne, die wie ein leuchtend gelber Ball aus dem Meer steigt. Jeder neue Tag zeigt ein anderes Bild vom Sonnenaufgang - wunderschön!

Es ist noch zu kalt, um aufzustehen. Eva bleibt noch liegen und frühstückt gegen acht Uhr gemütlich. Dann geht sie am Strand entlang spazieren bis zum Lamar und zurück auf der Straße beim Einkaufscenter entlang. Vor dem Parfümshop steht Alex und winkt. „Guten Morgen!" ruft er über die Straße. Eva winkt zurück und geht weiter.

Sie schaut sich das alte ägyptische Gebäude mit dem typischen Innenraum voller Blumen und Palmen an. Alles ist noch so, wie sie es in Erinnerung hat. Der alte Nubier kommt ihr entgegen und sagt: „Hallo, sie haben gesagt, sie kommen zurück. Kommen sie."

„Nein, heute nicht", antwortet Eva.

„Kommen Sie, machen Sie ein Foto mit Turban Tradition", sagt er und führt Eva in seinen Laden. Er wickelt sich das schwarz-weiß karierte Tuch um den

Kopf und stellt sich hinter seinen Verkaufstresen für ein Foto.

Klick. Im Gehen sagt Eva: „SHUKRAN; Danke, auf Wiedersehen."

Eva schwimmt im Roten Meer und genießt die Sonne. Nur im Schatten ist es noch kühl.

Um zehn Uhr beteiligt sie sich beim Stretching im Garten und um zwölf beim Tanz am Pool. Eine Handvoll Teilnehmerinnen und zwei Animateure machen mit. Die Animateurin Olga aus Kroatien erklärt ihr, dass man sie ansprechen kann, wenn man Lust auf Sport hat. Wenn zu wenig Urlauber da sind, fällt das Programm schon mal aus.

Nachmittags macht Eva sich auf den Weg nach Safaga City, circa fünf Kilometer an der Küste entlang auf der Hauptstraße. Sie geht dreißig Minuten bis zum Wahrzeichen. Eine Wassernixe mit zwei Delphinen in der Mitte vom Kreisverkehr. Etwas weiter beim nächsten Kreisverkehr noch ein anderes Denkmal mit einem Delphin. Die meisten Häuser in Safaga sind unfertig. Entweder alt und verfallen oder nur halbfertig gebaut. Nur wenige Kaffeehäuser, Shops und Restaurants haben geöffnet. An der Küste sind einige schöne weiße Boote zu sehen. Eva verlässt die unfertige Stadt.

Nach dem Abendessen packt Eva ihren Rucksack für die Kairo Fahrt heute Nacht. Um ein Uhr wird sie geweckt. Da bleibt sie doch gleich auf und schläft dann im Bus. Nach einem Spaziergang trinkt sie ein Glas Rotwein an der Bar am Theater. Heiner setzt sich zu ihr.

Er trägt ein kariertes Hemd zur Jeans, hat volles graues Haar und einen Schnauzbart.

Sie unterhalten sich. Die schlanke Russin kommt im Mantel mit nackten Beinen vorbei.

„Die muss ja frieren", bemerkt Eva.

Heiner kennt sie schon besser und erzählt: „Die hat immer nur diesen Mantel an. Sie hat mir erzählt, dass sie schon das fünfte Mal hier ist und jeden Tag fünf Mal schwimmen geht."

Angeberin, denkt Eva und sagt nichts.

Die Animateure kommen und tanzen zu ägyptischer Musik. Eva und Heiner setzen sich auf die Stufen rund um das Theater und schauen zu. Heiner rückt nah an Eva und legt seinen Arm um sie.

„Es ist kalt", sagt er und vergräbt seine kalte Nase in ihren Haaren. Sie weicht aus und sagt: „Du bist doch verheiratet, oder?"

„Ich lebe getrennt."

"Ja, das sagen alle. Im gleichen Haus?"

Heiner antwortet: „Nein. Wir haben ja vier Kinder und vor sechs Jahren haben wir uns leider getrennt. Da kann man nichts machen."

„Hat deine Frau einen anderen?"

„Ja."

„Und was machst du beruflich?"

„Ich habe Elektrotechnik studiert und die Firma ATU mit aufgebaut. Vor drei Jahren wurde die Firma verkauft und ich wurde freigestellt", erzählt Heiner.

„Und wie verbringst du deine Freizeit?"

„Ganz normal, Haushalt und Computer. Und auf Reisen schöne Frauen kennenlernen."

„Hahaha."

Gegen Mitternacht geht die Musik aus. Heiner begleitet Eva bis zu ihrem Bungalow. Küsschen rechts und links und gute Nacht.

Eva hat noch eine gute Stunde bis zur Abfahrt nach Kairo. Zum Lesen ist sie zu müde. Also lässt sie das Licht an, damit sie nicht einschläft. Denn im Tiefschlaf würde sie möglicherweise das Telefon nicht hören.

Kurz nach ein Uhr klingelt das Telefon.

„Sie müssen aufstehen", sagt der Mann. An der Rezeption gibt man ihr ein Lunchpaket mit und wünscht gute Fahrt. Eva ist die einzige Teilnehmerin von diesem Hotel. Mit dem Kleinbus werden weitere sechs Personen in Safaga und Makadi Bay abgeholt.

In Hurghada steigen alle Teilnehmer in den Reisebus nach Kairo. Der Reiseführer Ahmed stellt sich vor und sagt: „Wir haben jetzt fünf Stunden Fahrt vor uns und haben Zeit zum Schlafen."

Obwohl Ahmed und der Busfahrer laut reden und lachen, schläft Eva bald ein und wacht erst um sechs Uhr morgens auf, als der Bus eine kurze Toilettenpause einlegt. Eva nutzt die Gelegenheit auch für einen Kaffee. Der Junge Ägypter am Tresen fragt „Nescafe?"

„Yes, without milk, without cugar", antwortet Eva.

Offensichtlich versteht er kein Englisch. Ein älterer Ägypter übersetzt. Der Junge Mann zeigt fragend auf

Kaffeepulver. Eva nickt. Er rührt das Pulver mit Wasser an und stellt es auf eine Gasflamme, dann schüttet er es in einen Becher. Es soll wohl eine Art Mokka sein, schmeckt aber scheußlich.

Noch gut eine Stunde, dann können alle richtigen Kaffee trinken, sagt Ahmed. Nach und nach packen die Reisenden ihre mitgebrachten Frühstückspakete aus. Eva hat zwei kleine Brötchen mit Käse, zwei Stück Kuchen und einen Apfelsaft mit.

Der Bus fährt direkt zum Museum in Kairo. Dort sind alle Schätze aus den Pyramiden zu sehen.

In Kairo steht man ständig im Stau. Hier hat fast jeder ein eigenes Auto, der einen Job hat, das von den Banken finanziert wird. Die Spritpreise sind super günstig, erzählt Ahmed.

Die Ägypter fahren mit ihren teilweise verbeulten Autos kreuz und quer hupend durch die Straßen. Dazwischen macht ein Mopedfahrer Kunststücke auf einem Rad. Ahmed empfiehlt eine kleine Bootsfahrt auf dem Nil, um Kairo besser sehen zu können. Kostet circa fünf Euro pro Person. Alle sind einverstanden und es lohnt sich wirklich. Langsam schippert das Boot an den Hochhäusern am Nil entlang mitten durch die Stadt.

Dann fahren die Teilnehmer mit dem Bus zum Mittagessen in ein Restaurant. Es gibt ein kleines Buffet zur Auswahl und zum Dessert viele kleine leckere Kuchen. Das braucht Eva jetzt auch, um wieder fit zu werden. Mit dem Bus fahren sie weiter zu den Pyramiden in Gizeh. Zuerst die große Pyramide von Cheops, dann nach zwanzig Minuten die weiteren

Pyramiden von Chephren und Mykerinos, erbaut vor über 4500 Jahren.

Die Grabkammern der Pyramiden sind alle leer. Eine Besichtigung kostet fünf Euro für die kleinen bis zwanzig Euro für die großen Pyramiden. In gebückter Haltung steigt Eva in eine der kleinen Pyramiden hinab. Es gibt nicht viel zu sehen, keine Wandverzierungen, nur kahle Höhlenwände und ein leeres Steingrab. Bei den großen Pyramiden ist es auch nicht interessanter, nur die Gänge sind länger, so dass manche Besucher schon im Gang umdrehen, weil es zu anstrengend ist, sagt Ahmed.

Von einer Anhöhe des Geländes hat man eine schöne Aussicht auf alle Pyramiden und der Sphinx. Die riesige Statue mit dem Löwenkörper und dem Menschenkopf bewacht das Reich der Toten.

Bei der Alabaster-Moschee hält der Bus kurz am Straßenrand zur Fotopause, bevor er nach Hurghada und Safaga zurück fährt.

Nach dem Frühstück geht Eva spazieren. Dann nimmt sie am Stretching mit Olga teil. Vier ältere Frauen aus Russland, eine Langzeit-Urlauberin aus Deutschland und zwei sportliche Männer, Heiner und Heribert machen mit. Es fällt auf, dass Eva gelenkiger ist als Olga. Überrascht sagt die junge Animateurin zu Eva: „Oh, you are professional."

Anschließend spricht Heribert Eva an. Er macht ihr Komplimente wegen ihrer Fitness und fragt, ob sie Lust auf Beachball habe. Er hat seine Schläger im Rucksack dabei.

Zu sportlichen Aktivitäten hat Eva immer Lust, ob als Trainerin oder als Teilnehmerin.

Heribert ist mittelgroß und hat eine sportliche Figur, kurz gelockte braune Haare mit grauen Schläfen und er trägt eine Brille. Wie eine Mischung von Till Schweiger und Wiegand Boning kommt er daher.

Wie bei der Gymnastik bewundert Heribert auch hier Evas Fitness. Beim Schwimmen und im Roten Meer treffen sie auch Heiner wieder.

Während Heribert schnorchelt, sagt Eva sagt zu Heiner: „Ich schwimme eine große Runde hinter den Booten zum nächsten Strandabschnitt. Kommst du mit?"

Heiner zögert und sagt: „Oh, ich weiß nicht, ob ich das schaffe."

„Ich hab das schon ein paar Mal gemacht. Das schaffst du auch. Außerdem bin ich ja bei dir."

Sie schwimmen zusammen die große Runde. Drüben angekommen stößt Eva mit dem Knie an ein Korallenriff und merkt nicht, dass die Wunde blutet.

„Du blutest am Knie", sagt Heiner besorgt. Erschrocken antwortet Eva: „Oh, ich hab mich an einem Korallenriff gestoßen, ist aber nur ein kleiner Kratzer und tut nicht weh."

Beim Abendessen spricht Heribert Eva am Buffet an: „Ich sitze da hinten an dem großen Tisch und habe noch

23

eine Platz für Sie freigehalten. Es ist ziemlich voll im Restaurant."

„Oh, Dankeschön."

"Ich bin der Heribert, können wir du sagen?" fängt Heribert die Unterhaltung am Tisch an und erzählt, dass er im Winter immer in die Sonne reist, meistens nach Tunesien und nun zum ersten Mal nach Ägypten.

Inzwischen hat Eva schon zwei Fans. Ein dritter seriöser Herr sprach sie bei Mittagessen an: „Ich sehe, sie wollen hundert Jahre alt werden. Sie ernähren sich sehr gesund. Ich wünsche guten Appetit."

Es ist kühl und windig geworden. Nach dem Stretching mit Olga sucht Eva eine windgeschützte Stelle am Pool. Nachmittags um halb zwei fährt sie mit dem Bus nach Hurghada. Der Reiseführer Akim stellt sich vor. Weitere Gäste aus Safaga, Soma Beach und Bella Vista werden abgeholt. Dort haben kürzlich zwei ehemalige Mitarbeiter eine Messerstecherei angefangen. Einer davon wurde erschossen. Ein Gast wurde leicht verletzt, ließ sich aber den Urlaub nicht vergraulen, wird erzählt. In deutschen Zeitungen wurde es als Terroranschlag aufgebauscht. Man darf nicht alles glauben, was in den Zeitungen steht.

Der Bus fährt zur Moschee, wo alle Frauen sich mit einem Gewand von Kopf bis Fuß verhüllen müssen, bevor sie die Moschee betreten. Sehr unbequem. Akim erzählt einiges vom Islam. Anschließend besuchen sie eine Koptische Kirche, den Fischmarkt, das Aquarium, ein Café und Nevertiti, wo Eva Massageöl für ihre Schulter kauft.

4.

Es ist sonnig warm. Nach dem Stretching spielt Eva wieder Beachball mit Heribert. Sie schwimmen zusammen, essen, gehen am Strand spazieren, trinken Kaffee und entschließen sich dann, beim Beachvolleyball mitzuspielen.

Heiner sonnt sich am Pool. Im Vorbeigehen fragt Eva ihn, ob er mitspielen will. Das ist wohl nicht gut für seine Wunden am Bein, die er sich beim Schnorcheln am Riff zugezogen hat, meint er. Später kommt er und schaut zu. Leider kann Eva keinen Aufschlag beim Volleyball. Drei Versuche mit der rechten Hand, dann mit links und beide Hände tun weh. Aber die Jungs sind tolerant. Eva darf die Aufschläge mit dem Fuß schießen. Und damit kann sie sogar punkten und macht sich beliebt in ihrem Team.

Eva fotografiert wieder den wunderschönen Sonnenuntergang am Pool mit den Palmen, die sich im Wasser spiegeln.

Heribert winkt sie beim Abendessen an seinen Tisch. Sie unterhalten sich lange. Er kommt aus Belgien und spricht vier Sprachen: Deutsch, französisch, niederländisch und englisch. Er erzählt mit Begeisterung von seinen beiden Kindern. Seine

Prinzessin ist elf Jahre und der Max neun Jahre alt. Eva ist beeindruckt.

Von der Mutter seiner Kinder hatte Heribert sich vor sechs Jahren getrennt. Seitdem lebt er allein.

Eva und Heribert verabreden sich später an der Bar, wo sein Kumpel, den er bei der gemeinsamen Anreise kennenlernte, und weitere Volleyballspieler dazu kommen.

Ein anderer Mann vom Nebentisch sagt zu Eva: „Ich hätte nie gedacht, dass Sie aus dem Schwarzwald kommen. Ich dachte, Sie sind eine Russin aus Petersburg oder so, weil Sie sich immer so geschmackvoll kleiden."

Offensichtlich ist Eva ein interessantes Thema bei den Herren. Sie holt eine Flasche Wasser von der Bar und wünscht eine gute Nacht. Heribert schließt sich an und begleitet Eva zum Bungalow. „Gute Nacht."

Heribert bleibt noch einen Moment stehen und winkt Eva zu, bevor sie auf der Treppe nach oben verschwindet.

Er ist zurückhaltender und sympathischer als Heiner. Heute war ein besonders schöner Tag. Eva muss nicht lange überlegen, welcher Bewerber ihr am besten gefällt. Heribert ist sehr unterhaltsam und sportlich. Mit ihm hat sie am meisten Spaß. Zufrieden schläft sie ein.

Es ist sonnig, aber noch kalt. Nach dem Frühstück sitzt Eva auf dem Balkon und schreibt bis um zehn Uhr. Dann fängt die Gymnastikstunde an. Olga fragte Eva, ob sie Lust hätte, die Stunde zu leiten. Natürlich hat Eva Lust und sagte zu. Drei ältere Frauen, Heiner und Heribert, Olga und noch ein Ägypter nehmen daran teil. Evas Yoga-Stunde kommt sehr gut an bei den Beteiligten. Anschließend geht sie mit Heribert zum Strand. Sie spielen Beachball, relaxen und schnorcheln.

Die Animateure gehen über den Strand und rufen: „Volleyball"

Heribert und Eva spielen mit. Ein glatzköpfiger Mann hat seinen Ring verloren. Alle wühlen im Sand und suchen. Eva verabschiedet sich und geht zum Massagetermin.

Erst duschen, dann Sauna. Eine dicke Russin sitzt in der Sauna und diskutiert mit Sarah, die sie zur Massage holen will. Die Sauna ist nicht besonders heiß. Eva friert. Sie unterbricht die Diskussion: „Tür zu! Es ist kalt!"

Sarah versteht weder englisch noch deutsch, aber die Russin. Sie geht raus und diskutiert mit Sarah dort weiter. Kurz danach holt Ali Eva zur Massage, obwohl Eva noch nicht richtig aufgewärmt ist. Sie duscht kurz und folgt ihm dann. Bei der Massage friert sie und bittet Ali, das Fenster zu schließen. Leider klemmt das Fenster und lässt sich nicht schließen. Nach der Massage wärmt Eva sich noch mal in der Sauna auf.

Abends tanzt Eva mit Heribert, mit Olga und einigen Russen. Heribert bringt Eva mit lustigen Geschichten zum Lachen.

Die Sonne scheint warm. Es ist windstill. Eva trifft Heribert beim Frühstück und geht anschließend mit ihm am Strand spazieren. Gemeinsam absolvieren sie ihr tägliches Programm. Gymnastik, Beachball, schwimmen und mittags Clubdancing mit Olga. Beim Mittagessen sitzt Eva mit Heribert und Heiner zusammen. Die aufdringliche Russin, die offensichtlich männlichen Anschluss sucht, setzt sich mit an den Tisch. Obwohl es Niemanden interessiert, erzählt sie von ihrer Heimat und von ihrem Sohn, der zwei Meter groß ist.

Eva und Heribert gehen zum Strand, schwimmen und relaxen anschließend am Pool. Eine Ägypterin kommt und bietet ihre Kosmetik-Anwendungen an. Sie hat ein kleines Studio im Hotel. Eva verspricht ihr, es sich zu überlegen. Nach dem Kaffee gehen Eva und Heribert in den Ort spazieren. Ohne sich vorher zu verabreden, suchen beide immer wieder die Nähe des Anderen. Nach dem Abendessen tanzen sie zusammen und haben Spaß.

Wie zufällig treffen sich Eva und Heribert wieder beim Frühstück. Sie gehen zusammen spazieren und bei der Gymnastik machen alle mit Begeisterung Evas Yoga-Übungen mit. Diesmal ist auch ein junges Mädchen dabei. Es ist eine willkommene Abwechslung für alle Teilnehmer. Auch für Olga, die sonst immer das gleiche Programm abspult.

Beachball und schwimmen mit Heribert, der ständig Evas Nähe sucht, dann Clubdancing mit Olga - das macht Spaß.

Eva genießt die Sonne auf ihrem Balkon. Unten geht die Langzeiturlauberin, die heute Geburtstag hat, mit einem Blumenstrauß in der Hand vorbei. Eva ruft ihr zu: „Herzlichen Glückwunsch! Dann krieg ich ja morgen auch Blumen."

Dann sieht sie, dass Heribert zufällig direkt unter ihr auf der Terrasse sitzt und ein Buch liest. Er hat ein gelbes T-Shirt und blaue Shorts an. Eva traut sich nicht, ihn zu stören.

Nachmittags trifft Eva Heribert beim Kaffee. Sie fragt, ob er mitkommen möchte zum Parfümladen von Alex.

Ob Heribert ihr Mann ist, fragt Alex. Eva lächelt Heribert an. Er lächelt zurück. Sie lassen Alex in dem Glauben und Eva erzählt, dass sie morgen Geburtstag habe.

„Komm morgen wieder und hol dein Geburtstagsgeschenk ab", sagt Alex zu Eva. Er fotografiert Eva und Heribert zusammen in seinem Laden mit Evas Smartphone.

Heribert hat auch eigene Tischtennis-Schläger mit und fragt Eva, ob sie Lust auf ein Spiel hat. Sicher hat Eva Lust und verliert das Match knapp.

Heute hat Eva Geburtstag. Aufgeregt steht sie schon um sieben Uhr auf und geht zum Frühstück. Heribert ist nicht zu sehen, stellt Eva enttäuscht fest. Heiner kommt als erster und gratuliert. Später kommt Heribert dazu. Er hatte vergeblich versucht, Eva um sieben Uhr anzurufen, um zu gratulieren. Einige weitere Urlauber gratulieren ebenfalls.

Der Himmel ist bewölkt, es ist kühler geworden. Mit Heribert geht Eva zum Parfümladen, um ihr Geburtstagsgeschenk abzuholen.

Alex bietet einen Pfefferminztee an und sagt zu Eva: „Suche dir einen Duft aus."

Eva entscheidet sich für den Rosenduft. Alex füllt das Parfum in einen nachfüllbaren Glasroller und überreicht das Geschenk Eva mit guten Wünschen zum Geburtstag. Was für eine Freude. Sie hat nicht damit gerechnet, dass sie zum sechzigsten Geburtstag ein Geschenk bekommt. Dann zeigt Alex weitere Düfte, auch für Männer. Heribert kauft je einen Duft für seine Tochter und einen für sich. Eva sucht sich noch einen Duft für ihren Sohn aus. Der Preis für die Düfte ist jeweils vier Euro. Eva gibt Alex fünf Euro und sagt, das ist okay.

Alex bedankt sich und sagt: „Dann bekommst du aber noch ein Flacon. Welche Farbe möchtest du?"

Eva ist unschlüssig. Alex stellt drei Flakons auf den Tisch und fragt : „Magst du rot, türkis oder blau?"

„Die sind alle schön", antwortet Eva.

Alex fragt Heribert: „Was meinst du, welches sie nimmt?"

Heribert gibt Alex ein Zeichen, während Eva auf das Blaue zeigt.

„Ja, hast du richtig getippt", sagt Alex zu Heribert.

Alex packt Parfüm und Flacon in Geschenkkartons mit Watte ein.

Auf dem Rückweg kauft Heribert noch in einem anderen Laden einen türkisfarbenen Schal für seine Tochter. Nach langem Handeln einigen sich beide auf drei Euro. Beim Gehen läuft der Ägypter Heribert hinterher und sagt, das sei zu billig. Er will noch einen Euro mehr. Heribert deutet ihm an, den Schal zurückzugeben. Nein, das will der Ägypter auch nicht und geht zurück in seinen Laden.

Auf dem Rückweg erzählt Heribert Geschichten aus seinem Leben mit seinen Kindern, die ihn regelmäßig besuchen.

Er hatte die Mutter seiner Kinder bei seiner Tätigkeit in einem Callcenter per Telefon kennengelernt. Sie hatte bereits zwei Kinder und wegen ständigen Reklamationen bei ihm oft angerufen. Dann haben sie sich persönlich getroffen und wurden ein Paar, weil die Laura eine tolle Köchin war. Das hat ihm gefallen, denn Liebe geht durch den Magen, sagt Heribert. Zwei Jahre war er mit ihr zusammen. Dann hat er es nicht mehr mit ihr ausgehalten und ist abgehauen. Von seinem Sohn hat er erst später erfahren. Beide Kinder liebt er sehr.

Im Internet-Café Yasmine trinken Eva und Heribert einen Tee. Eva checkt ihre Facebook-Nachrichten. Hunderte haben zum Geburtstag gratuliert.

Heribert bezahlt den Tee mit zwei Euro. Später kommt der Kellner noch mal zu ihm und fragt, ob er mit Euro oder ägyptischen Pfund bezahlt habe. Jemand hatte eine Zwei-Pfund-Münze auf den Tresen gelegt, die nur ein Bruchteil von zwei Euro an Wert hat. Heribert sagt ihm, dass er mit Euro bezahlt habe.

Auf dem Rückweg schimpft Heribert über den Kellner, der ihn verdächtigte, nur zwei ägyptische Pfund bezahlt zu haben. Das ist eine Frechheit! Es geht ihm nicht um die zwei Euro, sondern ums Prinzip, sagt Heribert.

Eva sagt nichts und denkt nur, dass es sich überhaupt nicht lohnt, sich wegen so einer Kleinigkeit aufzuregen. Außerdem hatte der Ägypter nur höflich gefragt. Hoffentlich beruhigt sich Heribert bald wieder.

Eva frühstückt mit Heribert und geht mit ihm am Strand entlang spazieren. Ein kühler Wind weht, nur in der Sonne ist es angenehm. Sie gehen mit den Füßen durch das klare Wasser. Eva entdeckt einen Seestern.

„Guck mal hier", sagt sie und denkt, dieser Seestern wäre doch ein schönes Andenken. Heribert bückt sich spontan danach, aber die nächste Welle spült es weg.

„Schade, das wäre ein schönes Geschenk für meine Prinzessin gewesen", sagt Heribert. Auf die Idee, Eva etwas zu schenken, kommt er nicht.

Die Animateurin Olga ist nicht zu sehen. Offensichtlich fällt heute Gymnastik aus. Vielleicht arbeiten die Animateure nur bei Sonnenschein oder sie haben am Freitag frei, weil es ein Feiertag in Ägypten ist wie bei uns der Sonntag.

Nach einem Tischtennismatch spielen Eva und Heribert Beachball und schwimmen im Roten Meer, das immer über zwanzig Grad warm ist. Heribert taucht immer wieder unter und überrascht Eva mal von rechts, mal von links. Spielerisch nimmt er ihren schlanken Körper in die Arme und stellt fest: „Du hast ja gar keine Rettungsringe."

Nachmittags nimmt der Wind zu. Sie gehen am Strand entlang spazieren und schauen sich die große Menville-Anlage an, die komplett leer steht. Heribert erzählt Geschichten, die ihm spontan einfallen. Wie er seinen Kindern selbst ausgedachte Gutenachtgeschichten erzählt. Dann bleibt er vor Eva stehen und massiert ihre Schultern. Seine himmelblauen Augen strahlen so etwas wie Bewunderung aus. Sein entwaffnendes Grinsen raubt ihr fast den Atem. Schmetterlinge breiten sich aus.

Evas umwerfend grüne Augen mit einem bersteinfarbenen Schimmer schauen ihn erwartungsvoll an. Sie denkt an einen Kuss und wartet. Dann fragt sie: „Magst du nicht küssen?"

„Doch", sagt Heribert. Ihre Münder berühren sich sanft.

Noch ein Kuss. Mit heftigem Herzklopfen nimmt Heribert ihre Hand und geht mit ihr weiter.

„Eigentlich darf man ja in einem muslimischen Land nicht in der Öffentlichkeit küssen", sagt Heribert.

„Es hat ja keiner gesehen", antwortet Eva und wünscht sich noch viele Küsse.

Im Jasmin Café checkt Eva noch mal ihre Geburtstagsgrüße. Ihr Sohn hat geschrieben:

"Alles Gute, beste Mama! Und kalte Grüße aus Kiel."

Das war also Evas sechzigster Geburtstag. Händchen halten und Küsschen mit Heribert, das Märchen von Cleopatra und dem Goldschatz in der Pyramide, die Meerjungfrau und Delphine für die Prinzessin und Max.

Eva steht früh auf und fotografiert den Sonnenaufgang vom Balkon aus. Unten steht Heribert in der Unterhose und macht die gleichen Fotos. Dann dreht er sich um und fotografiert Eva im Nachthemd auf dem Balkon. Dabei knipst Eva ihn auch.

Sie genießen ihr letztes gemeinsames Frühstück und den letzten Spaziergang am Strand entlang. Heribert erzählt aus seinem Leben. Er hatte in Belgien ein altes Bauernhaus gekauft, es hübsch gemacht und ein paar Jahre später für das dreifache verkauft. Danach kaufte er ein Mehrfamilienhaus und renovierte es auch selbst. Er erzählt von seiner Lieblingsmieterin, der Paula. Die ist zwar einfach gestrickt, aber sauber und ordentlich, sagt er. Seit vier Jahren hat er ein lockeres Verhältnis mit ihr, die allen anderen Mietern und Nachbarn erzählt, er sei ihr Freund. Das gefällt ihm nicht. "Ich werde diese Geschichte beenden, wenn ich wieder zu Hause bin", sagt er.

Mit gepacktem Koffer steht Heribert die letzten Minuten vor dem Hotel. Eva gibt ihm ihre Visitenkarte und sagt: "Ich würde mich freuen, mal von dir zu hören. Du kannst mir ja eine Mail schreiben, dann schicke ich dir ein paar Fotos vom Urlaub. Lass dir ruhig Zeit bis zum nächsten Wochenende. Ich habe noch viele Mails zu checken."

"Dankeschön, ich melde mich. Du kannst auch meine E-Mail-Adresse haben."

"Das ist nicht nötig. Es reicht, wenn du dich meldest", antwortet Eva und denkt, ob ich ihn je wieder sehe?

Um zehn Uhr verabschieden sie sich mit einem Küsschen und winke winke.

Eva geht zum Sport. Olga kommt mit den Matten und überlässt Eva die Leitung. Die Teilnehmer bedanken sich. Heiner sagt, dass er bei Eva nicht das Gefühl hat, dass sie überlegen müsste, welche Übung als nächstes kommt. Alles sei flüssig und professionell, wie Olga das gleich erkannt hat. Eva freut sich über die Komplimente und sagt zu Olga, dass ihr der Job auch Spaß machen würde. Olga verweist Eva an ihren Manager, der zugeschaut hat und ebenfalls begeistert ist. Eva gibt ihm ihre Visitenkarte, falls mal eine Vertretung gebraucht wird, sagt sie.

Um sechs Uhr steht Eva auf und fotografiert wieder den wunderbaren Sonnenaufgang über dem Meer, der jeden morgen anders aussieht. Langsam steigt die rote

Kugel am Horizont auf und verschwindet hinter weißen Wolken, die einen glitzernden roten Rand haben.

Eva zieht ihre Sportsachen an und trinkt eine Tasse Kaffee im Restaurant. Dann geht sie für eine Stunde in den Fitnessraum. Um so mehr genießt sie anschließend das Frühstück. Heiner setzt sich dazu. Beide reisen am nächsten Tag zur gleichen Zeit ab und gehen davon aus, dass sie zusammen zum Flughafen fahren würden.

„Das ist doch schön. Allein im Auto ohne Musik ist es doch langweilig. Da können wir uns wenigstens unterhalten, sagt Eva.

Sie genießt Pfannkuchen mit Schokoladensauce, ein Croissant, Joghurt und Obst.

Nach einem kurzen Spaziergang setzt sie sich auf den Balkon in die Sonne und schreibt.

Gymnastik mit Olga, schwimmen, tanzen am Pool und spazieren am Strand. Alles macht nur halb so viel Spaß ohne Heribert.

Beim Abendessen lernt Eva eine moderne perfekt geschminkte Frau Mitte dreißig kennen. Die Event Managerin mit der perfekten Figur trägt schwarze Lackleggins und eine knallrote Bluse mit einem breiten schwarzen Gürtel um die schmale Taille. Sie macht einen gestressten Eindruck, erzählt von ihrer Arbeit, den vielen Reisen und wichtigen Terminen. Sie hat nur eine Woche Zeit, um sich zu erholen.

Beim Glas Rotwein an der Bar trifft Eva die Managerin wieder. Mit ihren schwarzen Haaren und dunklen Augen wird sie oft für eine Frau arabischer Herkunft gehalten, erzählt sie. Ihr Großvater war

Sizilianer. Sie sieht sehr südländisch aus. Deshalb wird sie oft beleidigt und als Hure beschimpft, weil sie sich modern kleidet anstatt sich zu verhüllen wie brave Ägypterinnen, erzählt sie und bestellt sich ein weiteres Glas Wein.

Ein attraktives Unternehmerpaar um die fünfzig setzt sich mit an den großen Tisch an der Bar. Die hübsche Blondine erzählt, dass sie mit ihrem Mann, der Diabetiker ist, in der eigenen Firma zusammenarbeitet.

„Dann sind Sie ja Tag und Nacht, beruflich, privat und im Urlaub zusammen. Klappt das denn gut?", fragt Eva interessiert.

„Oh ja! Wir ergänzen uns wunderbar!"

Ihr zurückhaltender Mann nickt zustimmend und lächelt freundlich in die Runde.

Ein älterer Urlauber vom Nebentisch spricht Eva an. Er hat ein Video vom Tanz am Pool gemacht, als Eva mitgetanzt hatte. Per Bluetooth bietet er ihr an, es zu übertragen.

„Oh Dankeschön! Das ist ja super."

So endet der letzte Abend in Ägypten doch noch sehr unterhaltsam.

Evas Abreise ist erst um halb zwölf Uhr. Bis dahin will sie die Zeit noch voll auskosten. Ein Kaffee, dann Fitness und ausgiebiges Frühstück. Heiner setzt sich zu ihr. Er hat die gleiche Abreisezeit. Er fliegt nach München und Eva nach Hamburg.

„Dann sehen wir uns nachher zur Abreise, bis dann", verabschiedet sich Eva von Heiner.

Der Koffer ist gepackt. Eva geht noch am Strand spazieren. Die letzten Minuten vor der Abreise genießt sie in der Sonne auf dem Balkon.

Kurz nach elf Uhr ruft die Rezeption an, ob Eva fertig ist und der Koffer abgeholt werden kann. Okay. Eva gibt dem Boy, der kurz darauf klopft einen Euro mit. Der Zimmerboy ist auch zur Stelle und fragt, ob alles okay ist.

Schnell packt Eva ihre restlichen Sachen in den Rucksack und gibt den Schlüssel an der Rezeption ab. Sie hat noch 20 Minuten bis zur Abfahrt, denkt sie und setzt sich in die Sonne vor dem Eingang. Aber nein. Der Minibus wartet bereits. Eva soll einsteigen, sagt der Busfahrer.

„Ich habe erst in einer Viertelstunde Privattransfer und noch ein weiterer Urlauber auch", sagt Eva.

„Ja, Sie werden allein nach Hurghada gefahren und der andere Gast auch mit einem anderen Auto", sagt der Fahrer und fährt vierzehn Minuten früher los als geplant.

Eine dreiviertel Stunde lang keine Musik und keine Unterhaltung. Eva fühlt sich überrumpelt. Sie hätte darauf bestehen sollen, die geplante Zeit abzuwarten. Vielleicht hätte sie dann mit Heiner zusammmen zum Flughafen fahren können. Ganz allein so lange Zeit ohne Musik ist doch langweilig. Und außer Wüstensand gibt es unterwegs nichts zu sehen.

Im Flughafen trifft Eva Heiner, der ebenfalls ganz allein zum Flughafen gefahren wurde.

„Zwei Personen mit zwei Autos die gleiche Strecke zu fahren ist doch eine große Verschwendung", sagt er.

„Ja, das stimmt", antwortet Eva.

5.

Dienstagmorgens, am Tag nach ihrer Ankunft zu Hause, checkt Eva sofort ihre E-Mails. Es sind über 800. Es wäre schrecklich, wenn Heriberts Mail im Spamordner untergehen würde.

Am Donnerstag, dem vierten Februar, erhält sie schließlich morgens um acht die sehnsüchtig erwartete E-Mail von Heribert:

Hallo meine Liebe,

ich hoffe du bist gut angekommen und hast dich durch deine 500 Mails oder mehr so langsam durchgewühlt.

Auf jeden Fall möchte ich mich für die schöne Zeit mit dir bedanken. Es wirkt auch noch ordentlich nach...

Mir hat es wirklich gut gefallen und es war mal etwas ganz anderes. So schön harmonisch, ruhig und ausgeglichen.

Lustig, spannend - und dann diese himmlischen Küsschen!

LG Bert

Abends um neun antwortet Eva:

Lieber Bert,

ja, ich hatte tatsächlich über 500 Mails und über 300 Facebook-Geburtstagsgrüße.

Dieser Urlaub mit dir war auch für mich besonders schön, im Anhang sende ich dir ein paar Fotos. Ich denke oft an dich. Ich werde auch ständig gefragt, wie es war. Würde mich freuen, wenn wir in Verbindung blieben. Magst du mich am Sonntag anrufen? LG Eva

Eva schickt ihm vier Bilder vom Urlaub in Ägypten: Tanz am Pool, Heribert mit Eva im Parfümshop und Heribert als Paparazzi in der Unterhose.

Heribert antwortet sofort:

Ja natürlich, ich brenne schon drauf. Danke für die Fotos.

Die Halbschwester meiner Kinder war heute für Altweiberfasching als Cleopatra verkleidet. Ich glaub', ich spinne.

Bis Sonntag, Bert

Eva ist aufgeregt wie schon lange nicht mehr. Sie freut sich schon auf Sonntag und überlegt, wann wohl ein Wiedersehen mit Heribert möglich wäre. Im April hat sie ein Seminar-Wochenende in Hannover geplant. Sie hatte sich dort beworben und zwei Karten im Wert von je 99 Euro gewonnen. Sie weiß nicht, wem sie mit der zweiten Karte eine Freude machen könnte. In ihrem Bekanntenkreis hat kaum jemand Interesse an Weiterbildung.

Spontan schickt sie Heribert den Link zum Seminar und schreibt dazu:

Lieber Bert,

für die Power-Days am 23. und 24. April in Hannover suche ich noch eine Begleitung, habe 2 Tickets gewonnen.

Hast du Lust mitzukommen? Werden wir zum "Powerteam?

LG Eva

Heribert antwortet am nächsten Morgen:

Hallo Eva, ja, das hört sich gut an. Am Sonntag können wir darüber reden. Gedanklich bin ich schon unterwegs. LG Bert

Evas Gedanken sind ständig bei Heribert und sie freut sich, dass er am Donnersteg schon eine E-Mail geschrieben hat, anstatt bis zum Wochenende zu warten, wie Eva ihm im Urlaub vorgeschlagen hatte. Sie war sich nicht sicher, ob er sich überhaupt melden würde. Es ist ein wunderbares Gefühl, verliebt zu sein.

Auch mit jahrzehntelanger Erfahrung versteht Eva die Männer immer noch nicht, obwohl sie sogar Fachbücher über das Verhalten der Männer in Beziehungen mit Frauen gelesen hat.

Sie hat nur festgestellt, jeder ist anders und jeder ist einzigartig. So wie es bei allen Menschen der Fall ist. Doch grundsätzliche Unterschiede zwischen Männer und Frauen gibt es schon. Männer handeln schneller, manchmal sogar ohne vorher zu denken. Frauen denken mehr, manchmal ohne zu handeln.

Im Team sind beide Eigenschaften gut. So könnten sich beide Partner ergänzen und gegenseitig motivieren.

Eva ist gespannt, wie Heribert auf die Einladung reagiert, am Motivations-Seminar „Powerdays" in Hannover teilzunehmen.

Ob sie sich dort im April treffen? Das wäre toll! Mit ihm könnte Eva sich sogar vorstellen, eines Tages auszuwandern in ein warmes Land, wo immer die Sonne scheint. Es ist einfach ein schönes Gefühl, zu wissen, dass jemand an sie denkt und sich auf ein Wiedersehen freut.

Sie haben vieles gemeinsam, viel mehr als nur Sport. Sie unterhalten sich auch oft über spirituelle Themen, Leben nach dem Tod, Schutzengel oder Vorhersehung.

Vielleicht treffen sie sich dann im April in Hannover.

Evas erste Gedanken am Freitagmorgen kreisen wieder um Heribert. Es ist ein trüber Tag. Nach Erledigungen in der Stadt ist Eva mittags antriebslos und müde. Sie vermisst die Sonne. Vielleicht hilft eine Meditation mit Entspannungsmusik.

Abends trifft Eva ein paar Bekannte bei der Bilder-Ausstellung in der Holstenstraße. Ed aus Evas Sportgruppe ist auch mit zwei Freundinnen Anna und Karen dabei. Er findet es toll, interessante Menschen kennenzulernen, sagt er und sucht ständig nach neuen Bekanntschaften.

Anschließend gehen alle vier gemeinsam zu Mister Grande, wo sie weitere Bekannte treffen. Bei Live-Musik trinken sie ein Cocktail zum Happy-Hour-Preis und haben einen netten Abend. Vor allem Karen, die Eva bisher nur flüchtig kannte, ist sehr lustig. Mit „Hier ist Handyverbot, da ist ein Schild!" verblüfft sie Anna, die ihr Handy schnell wieder in die Tasche packt.

Ed feiert seinen sechzigsten Geburtstag. Eva ruft ihn an und gratuliert. Er fragt, ob sie ihm beim Kuchen backen helfen würde. Sie sagt, dass sie viel zu tun habe und lieber eine Torte kaufen und ausgeben würde. Die Hälfte der eingeladenen Gäste sind auch ihre Freunde. Sie empfiehlt ihm, Astrid oder Karin zu fragen, die ihm schon seit Jahren helfend zur Seite stehen. Und es hat geklappt.

Als Eva mit Schwarzwälder Kirschtorte zur Kaffeezeit bei Ed antanzt, ist der Apfelkuchen noch im Backofen. Noch warm schmeckt er besonders lecker.

„Ich hatte zwei Helferinnen beim Kuchenbacken", kündigt Ed an.

„Da will ich erst mal nachfragen ob du überhaupt was dazu getan hast", antwortet Eva.

Es stellt sich heraus, dass Ed nur ein Rezept ausgedruckt hat. Astrid hat den Kuchenteig zubereitet, während Karin die Äpfel dazu geschnippelt hat.

Ed gibt eine Runde Likör aus, weil der Sekt erst noch kalt gestellt werden muss.

Der letzte Gast kommt dazu. Die Runde ist komplett. Zwei Kumpels, vier Freundinnen und Eds Schwester. Stefan ist mit achtundvierzig Jahren der Jüngste und Eva eine Woche älter als Ed und damit die Älteste. Aber das fällt nicht auf, denn die Raucherinnen Mitte fünfzig sind übergewichtig und sehen älter aus. Karin geht immer wieder durch den Wintergarten raus, um zu rauchen. Astrid, die im Vorjahr mit Eva auf einer Türkeireise war, sagt:

„Eva, erzähl mal von Ägypten, hast du Fotos dabei?"

Eva zeigt einige Bilder auf dem Smartphone.

Die schönen Sonnenaufgänge waren die Highlights. Auch die Bilder von Eva und Heribert im Parfümshop sind dabei und natürlich die Pyramiden. Ist das der Belgier? Einige haben schon gehört, dass Eva ihn in Ägypten kennengelernt hat.

„Und, werdet ihr euch wiedersehen?" will Ed wissen.

„Ja, wir sind in Kontakt", sagt Eva. Zuviel will sie nicht verraten. Denn sie weiß ja selber nicht, ob alles so kommt, wie sie es sich wünscht.

Astrid bereut es sehr, dass sie nicht mitgekommen ist, aber nächstes Mal, sagt sie.

Ed will auch nächsten Winter mit nach Ägypten. Eva sagt: „Okay, ich organisiere dann eine Gruppenreise mit Yoga am Roten Meer. In der Gegend von El Quseir war ich noch nicht."

„Wir trinken auf die sechzig. Prost, willkommen im Club der Alten", sagt Eva.

Dann gibt es Kaffee, Sahnetorte und den frischgebackenen Apfelkuchen. Karin fährt kurz weg, kommt aber doch nicht wieder.

Astrid erinnert sich an ihre Kindheit, als sie mit ihren Eltern in Ägypten war. Sie hat theologische Geschichte studiert. Jetzt arbeitet sie in der Altenpflege in Kiel und überlegt, ob das die Gelegenheit ist, an die Ostsee umzuziehen.

Bei der gemeinsamen Türkeireise im letzten Winter erklärte Astrid das trapezförmige Sternenbild Orion. Sie war eine tolle Reiseführerin mit ihren geschichtlichen Kenntnissen. Eva war total begeistert und hätte Astrid in Ägypten auch gerne mit gehabt. Aber hätte sie dann Heribert kennengelernt?

Die Melodie von dem französischen Lied geht Eva nicht aus dem Kopf. Danach hatte sie mit Heribert in Ägypten oft getanzt und er hat die Melodie dauernd gepfiffen.

Heute wird Heribert anrufen. Darauf freut sich Eva schon.

Wie abgemacht ruft Heribert um fünf Uhr nachmittags an.

Sie planen ihr nächstes Treffen im April bei den Powerdays mit dem Motivationstrainer Jürgen Höller in Hannover. Beide freuen sich riesig. Heribert will die Hotelkosten übernehmen, weil Eva die Tickets besorgt hat.

Die Leseprobe aus Evas Kurzgeschichte auf ihrer Webseite „Bitte keine Weiterbildung" hat Heribert gelesen und ist brennend daran interessiert, die ganze Story zu lesen. Die Szene mit Ed in der Jogginghose fand er besonders lustig.

Heriberts Kinder sind voller Begeisterung von seinen Erzählungen und Bilder vom Urlaub in Ägypten.

Sie wollten wissen, wer die Frau an seiner Seite war und warum er sie im Arm hielt. Wollt ihr euren Papa mal tanzen sehen?, fragte er seine Kinder und zeigte die Bilder vom Tanz am Pool. Vor allem seine Tochter ist sehr neugierig und will wissen, wer die sportliche Konkurrenz ist. Wenn Eva anrufen würde und sie am Apparat wäre, würde sie Eva garantiert ausfragen, sagt Heribert. Der kleine Max ist total begeistert von der Koralle, die Heribert ihm mitgebracht hat.

Heute am Sonntag war Heribert mit seinen Kindern im Erlebnisbad. Das war toll, anschließend McDonald's wie üblich.

Eva fragt: „Und was macht deine Paula?"

„Ja, die Paula hat gependelt, dass ich mit einer sechzigjährigen Frau getanzt habe. Dass ich im Urlaub mit Frauen rummache, ist ja nicht neu. Aber nicht so. Mit dir ist das ganz was anderes", sagt Heribert.

Paula, mit der Heribert bisher ein lockeres Verhältnis hatte, droht jetzt, die Wohnung zu kündigen, wenn er eine andere Frau zur Freundin macht und sie gibt damit an, dass sie viele jüngere Verehrer hat. Sie ist fünfundsechzig Jahre, sauber und gepflegt, aber einfach gestrickt, nicht besonders gebildet, sagt Heribert. Gelegentlich hatte er Zeit mit Paula verbracht, die sich auch gut mit seinen Kindern versteht. Wir sind wie Bruder und Schwester, sagt er manchmal zu ihr. Dann entgegnet sie, dass Geschwister aber keinen Sex miteinander haben. Dann lassen wir das jetzt sein. Lass dich doch auf einen anderen ein, hat er ihr vorgeschlagen. Aber das will sie nicht und sagt, dann zieh ich eben aus. Dann zieht sie eben aus. Ich lass mich doch nicht erpressen, sagt Heribert.

Er hat Evas Webseiten angesehen und sagt nachdenklich:

„Was uns ja total unterscheidet ist, dass ich mich nur auf eine bodenständige Sache konzentriere und damit gutes Geld verdiene. Du hast ja mehrere Eisen im Feuer und bist breitgefächert."

Eva antwortet: „Ja, solange ich nicht von einer Sache gut leben kann, sehe ich keine andere Lösung, als gleichzeitig mehrere Ziele zu verfolgen. So nach und nach lasse ich das eine oder andere Projekt los, wenn ich sehe, dass es nichts bringt. Das Reiseportal ist auch noch in der Testphase. Bei den Powerdays fließt so viel Energie, dass einem da die besten Ideen einfallen. Danach ist man total motiviert, sofort anzupacken."

„Ja, das hört sich gut an. Lass uns doch gleich ein paar Tage mehr in Hannover verbringen. Dann machen wir uns eine schöne Zeit", schlägt er vor.

„Super Idee! Ich suche uns ein passendes Hotel und schicke dir die Vorschläge. Vielleicht fahre ich lieber mit dem Auto anstatt mit dem Zug. Dann sind wir dort flexibel. Es sind ja nur ungefähr 200 Kilometer."

„Ja super, dann brauche ich nicht so lange warten, dich wiederzusehen und im Sommer kannst Du mich ja besuchen. Dann fahren wir zum Campingplatz."

„Gute Idee, in den Sommerferien habe ich Zeit." Eva freut sich. Nach zwei Stunden verabschieden sie sich.

6.

Am Montagmorgen schreibt Heribert eine E-Mail:

Hallo Eva, habe dein E-Book "Bitte keine Weiterbildung" gelesen und musste feststellen, dass die Beziehung zwischen mir und Paula demnach nahezu intakt ist....

Ist ja schon ein Ding, wir reden drüber.

Kannst du dir vielleicht mal das Strandhotel Weißer Berg am Steinhuder Meer anschauen? Es gibt Zugverbindungen in der Nähe (Neustadt am Rübenberge), 4 Nächte vom 21. bis 25. April kosten 140 Euro.,Viele Hotels sind ausgebucht und die übrigen recht teuer. LG Bert

Eva antwortet:

Hallo Bert, zur Entspannung habe ich hier noch eine romantische (unveröffentlichte) Story für dich. Vielleicht gefällt sie dir besser.

Ich habe kein besseres (so günstiges) Hotel gefunden, sind nur noch 2 Zimmer frei, soll ich schon buchen? LG Eva

Im Anhang sendet Eva ihre Kurzgeschichte „Sehnsucht nach Luxor"

Nachmittags schreibt Heribert:

Hallo Liebes, Hey,hey,hey - Wer ist denn hier der Lümmel?

Deine Geschichte hat mir sehr gut gefallen. Sie war lustig und schrecklich zugleich. Zum Schluss habe ich deine Geschichte immer schneller gelesen. Ich hatte wirklich Angst, dass da noch was passieren würde. Hihi... Der Gürtel soll ihm gegönnt sein. Ich schenke dir drei neue. Allerdings musst du sie in meiner Abwesenheit gleichzeitig tragen.

Der Preis des Hotels ist wahrscheinlich unschlagbar: 140 Euro für uns beide. Hast du ein ansprechenderes Hotel gefunden? Wir können heute abend nach fünf Uhr gerne telefonieren.

See you, Bert

Eva kommt gerade aus der Stadt, als Heribert um halb sechs Uhr abends anruft. Sie besprechen den Hotelvorschlag für Hannover und buchen ein Doppelzimmer für vier Nächte im Strandhotel am Steinhuder Meer.

Dann erzählt Heribert noch von Paula und den anderen Ex-Frauen in seinem Leben. Die Paula hatte ihn wieder zum Kaffee eingeladen, aber er wollte nicht zu ihr.

Eva ist gespannt, wie lange er der Paula widerstehen kann. Sie haben seit vier Jahren eine Beziehung, die anfangs von Heribert ausging, als sie sich nach einer Wohnung umsah. Trotz ihres Alters soll sie wohl sehr attraktiv aussehen mit über hundertzehn Kilogramm. Kaum vorstellbar für Eva. Aber Paula ist so dumm, sie kennt nicht einmal die Hauptstadt von Frankreich, sagt Heribert und lacht über sie. Alle bisherigen Frauen von Heribert waren übergewichtig. Eva ist wohl die erste zierliche Frau in seinem Leben. Heribert sagt:

„Bei dir braucht man hundert Hände, weil der ganze Körper sich so gut anfühlt. Das habe ich schon beim Schwimmen im Meer festgestellt."

Heribert erzählt, dass er bei der ersten Begegnung mit der Mutter seiner Kinder total erschrocken war und am liebsten weggelaufen wäre. Aber im Laufe der Beziehung hatte Laura abgenommen. Als Köchin verwöhnte sie ihn mit gutem Essen. Liebe geht durch den Magen, sagt Heribert immer wieder. Laura hatte bereits einen Sohn und eine Tochter. Max und Jenny sind von Heribert. Nach der Trennung gab es schlimme Dinge.

Eva wechselt das Thema und fragt: „Wo soll denn deine nächste Urlaubsreise hin gehen?"

„Ich fliege immer wieder gerne nach Tunesien oder Djerba. Das ist eine kurze Flugzeit. Ab März kann man im Meer baden. Und da kann man stundenlang am Strand entlang spazieren."

„Das hört sich gut an. In Tunesien war ich lange nicht mehr."

Nach über zwei Stunden am Telefon ist Eva müde. Sie verabschieden sich.

Dienstagnachmittags schreibt Eva:

Lieber Bert, danke, ich freue mich schon auf unser Wiedersehen. Ich hole dich dort ab, sind circa drei Stunden Fahrt bei 230 Kilometer von hier aus.

Ich habe inzwischen nachgeschlagen, dass die günstigste Reisezeit für Djerba November ist, danach ist es dort zu kalt zum baden, oder? LG Eva

Mittwoch früh antwortet Heribert:

Hallo Eva, ja wunderbar. Im November hat das Wasser noch mitunter Resttemperatur vom Sommer. Ansonsten schwanken die Wassertemperaturen zwischen fünfzehn und achtzehn Grad.

Habe da noch ein Angebot auf dem Schirm und hadere noch ein wenig. Hotel Chich Khan in Yasmine Hammamet, Tunesien, zwei Wochen Halbpension im März ab 345 Euro. Bis bald.

Eva antwortet:

Hallo Bert, Ja, auch schön, hab ich online gefunden.

Aber das Wasser ist sogar im März noch mit unter zwanzig Grad zu kalt. Und Djerba würde mir besser gefallen.

Wenn du in Februar/März Sonne und Meer erleben willst, empfehle ich außer Ägypten die Kanarischen Inseln oder sogar den Indischen Ozean. Da ist es den ganzen Winter über richtig warm.

Heute Abend kommt mein Sohn, wollen wir morgen Abend wieder telefonieren? LG Eva

Heribert antwortet:

Ja so machen wir das. Bis morgen und viel Spaß mit deinem Sohn. LG Bert

Donnerstagmorgens schreibt Eva:

Lieber Bert, die Jürgen-Höller-Academy möchte für die Powerdays deine Kontaktdaten (Adresse) haben, ich auch, habe Kemer in Belgien bei Google Earth nicht gefunden. LG Eva

Heribert antwortet:
Hahahahahaha !!!!!
Kemer gibt's in der Türkei. Jetzt hast du mich entlarvt.
Ich bin ein windiger Heiratsschwindler.
Heribert Bock, Kelmis. Bis gleich meine Liebe!
TicTacTicTac

Abends ruft Heribert an, erzählt von der Paula, die ihre Staubsaugerbeutel, die Heribert ihr mitgebracht hatte, nicht finden konnte.

„Ich hatte nur ihren Schrank aufgemacht und da waren die Beutel. Ja, ich habe Ordnung. Und dann habe ich da noch einen Pfannkuchen gegessen, der war sehr lecker", erzählt er.

Offensichtlich wollte die Paula ihn nur zu sich locken und hatte nach einem Vorwand gesucht, gibt Eva zu bedenken.

„Nee, die ist so blöd, dass sie ihre Sachen nicht findet", antwortet Heribert und lacht. Ob er das wirklich glaubt? Dann erzählt er von seinen Kindern. Letztes Jahr war er Ostern mit den Kleinen in der Türkei. In Tunesien und Djerba war er bisher oft allein.

„Hast du da auch mit den Frauen rumgemacht?" fragt Eva.

„Nee, das war jetzt mit dir das erste Mal, war aber schön, hast mich an der langen Leine zappeln lassen. Jaa, das hatte was."

„Ja, das hat mir auch gefallen. Ich hatte selten das Glück, im Urlaub jemanden zu finden, der sich für aktiven Sport begeistert. Und vor allem auch jemand, der Sachbücher liest und sich für Themen wie Weiterbildung und Spiritualität interessiert", sagt Eva.

Heribert erzählt von seiner Familie. Seine Eltern leben noch, können aber keine großen Reisen mehr machen, weil die Mutter nicht mehr gesund ist. Heribert hat den Eltern einen Wohnwagen auf dem Campingplatz geschenkt, den er günstig bekommen hatte. Dort verbringt er im Sommer viel Zeit mit seinen Kindern, die dann auch die Gelegenheit haben, Oma und Opa zu sehen.

Als Kind war Heribert ruhig, während seine Schwester ein Quälgeist war. So kam es, dass die Eltern sich kaum noch um ihn gekümmert hatten. Er war oft wütend auf seine Schwester.

Am Freitag Abend ist Eva als Trainerin bei Ihrer Sportgruppe. Heribert spricht auf Evas Anrufbeantworter:

Ja Eva, Bert hier. Ich wollte einfach nur kurz Hallo sagen, bevor meine Kinder kommen.

Nachdem seine Kinder im Bett sind, ruft er nochmal an und erzählt, was er heute alles erlebt hat und was früher war.

Die Mutter seiner Kinder wechselt ständig die Partner und lässt die Kinder oft allein, sagt Heribert. Der große Sohn von ihr ist ausgezogen und jetzt muss die Halbschwester sich um die beiden Kinder von

Heribert kümmern. Damit ist sie überfordert. Denn sie leidet unter Magersucht.

Am Sonntagabend ruft Heribert an, nachdem er seine Kinder verabschiedet hat und erzählt, was er am Wochenende mit den Kindern unternommen hat und was seine Mieter dauernd von ihm wollen, und wenn sie nur zum Reden kommen. Heribert ist schon wieder urlaubsreif.

7.

Am Dienstagabend um neun Uhr ruft Heribert an:
„Hallo, Zuckermaus, wo warst du?"
„Ich bin gerade vom Sport zurück, habe Dienstags immer meine Yoga-Gruppe."
„Du bist so angenehm ausgeglichen. Ja, im Urlaub hatte ich auch das Gefühl, du gibst dich so wie du bist und unterdrückst nichts."
„Ja, mit zunehmendem Alter wird man ruhiger und gelassener. Früher war ich viel ungeduldiger."
„Du gefällst mir so wie du bist."
Heribert hat jetzt die Reise nach Tunesien im März für zwei Wochen gebucht, die er schon vor Tagen auf dem Schirm hat, sagt er. Er würde sich sehr freuen, wenn er dort Eva schon treffen könnte. Vielleicht kann sie es ja einrichten. Dann fliegt er von Düsseldorf aus und Eva von Hannover. Natürlich hat Eva große Lust

dazu. Sie müsste nur eine Vertretung für ihre Sportstunden organisieren und andere Termine verschieben. Aber das ist kein Problem.

„Ich schau mal, was ich machen kann. Ich habe schon Lust auf Tunesien. Und wenn du dabei bist, brauche ich keine Angst haben, von den Einheimischen belästigt zu werden."

Am Mittwochabend ruft Heribert an und fragt, ob Eva schon gebucht hat.

„Noch nicht, von gestern auf heute sind die Reisepreise plötzlich um hundert Euro gestiegen. Ich beobachte die Angebote noch ein paar Tage", antwortet Eva.

Am Samstagabend ruft Heribert an. Eva will mit der Buchung noch bis Sonntag warten. Erfahrungsgemäß sinken die Reisepreise dann wieder.

Heribert erzählt ganz nebenbei, dass er Paula das ägyptische Parfum geschenkt hat. Will er die Paula damit weiter hinhalten? Schließlich ist Paula immer in seiner Nähe, während Eva über fünfhundert Kilometer entfernt ist. Und ob Eva sich auf ihn einlässt, kann er noch nicht wissen. Obwohl er sich in Ägypten fest vorgenommen hat, die alte Beziehung mit Paula endgültig zu beenden, gelingt es ihm nicht, die Vergangenheit loszulassen. Eva ist entsetzt.

„Warum das denn?"

„Ja, das hatte ich über, der Duft hat mir nicht gefallen, da hab ich ihr das gegeben."

„Und sie hat sich natürlich schrecklich gefreut und ist dir um den Hals gefallen."

„Hahaha, sie hat gefragt, ob ich dich wiedersehen werde."

„Und was hast du gesagt?"

„Der Kavalier genießt und schweigt."

„Na dann bleibt ja bei euch alles, wie es war."

„Da ist ja nichts zwischen uns. Warum soll ich ihr unnötig wehtun? Was sie nicht weiß macht sie nicht heiß. Das ist sowieso schon lange vorbei, seit ich dich kenne."

„Das sagst du zu mir. Aber sie sieht das ganz anders. Jetzt erst recht, nachdem du ihr ein Geschenk von der letzten Reise mitgebracht hast."

Heribert gefällt es, dass Eva rasend eifersüchtig ist. Er hält es nicht für nötig, da Schluss zu machen, wo angeblich nichts war. Die Paula ist nur seine Mieterin, sagt er immer wieder. Und er kümmert sich um sie genauso wie er das mit allen Mietern macht.

„Dann machst du mit deinen anderen Mieterinnen auch rum?"

„Da war mal eine Russin, die hat mich immer mit ihren Brüsten unter der durchsichtigen Bluse gelockt. Die wollte von mir eine Wohnung geschenkt haben. Aber die ist schon lange weg."

„Danke, das reicht mir für heute, tschüss!"

Eva drückt ihn wütend weg. Der Abend verdorben. Was soll dieses Affentheater mit der Paula? Und warum erzählt er dauernd von seinen Exfrauen? Es nervt! Warum ist Eva so eifersüchtig? Schließlich hat sie nur ein wenig mit ihm geflirtet. Mehr war da nicht. Dann wird sie ihn eben noch länger zappeln lassen. Vielleicht sollte sie sich überhaupt nicht mit ihm einlassen. Eine innere Stimme mahnt: Eva – wo bleibt deine Gelassenheit!?

Am Sonntag ruft Heribert wieder an:

„Ich bin's wieder, der Stalker."

„Na, ist der Kontrollzwang von Paula auf dich abgefärbt?"

„Nee, das sind Entzugserscheinungen. Was mir ja so imponiert an dir, dass du so gelenkig bist und dass du genau weißt, was du willst."

„Und was findest du nicht so toll?"

„Mir gefällt alles an dir. Vielleicht der hell gemusterte Badeanzug, den finde ich nicht so toll."

„Davon habe ich extra zwei gekauft, weil die so schön leicht und bequem sind wie eine zweite Haut. Da verrutscht nichts beim Sport. Und wie war dein Tag?"

„Ja, ich bin früh aufgestanden, habe mir wieder ein Weiterbildungs-Webinar rein gepfiffen und mittags war ich müde. Ja, und dann waren meine Eltern hier. Dann war ein Mieter hier und wollte Internet installiert haben, habe ich aber nicht gemacht."

„Und wie geht's deinem Rücken?"

„Ja, es wird schon besser, habe mich selber eingecremt. Und was machst du so?" fragt Heribert.

Eva antwortet: „Ich wurde von gestern auf heute mit der Bestandsmeldung für den Landes-Sportverband überfallen, da habe ich den ganzen Vormittag zu tun gehabt. Nachmittags war ich bei einer Lesung über Hans Fallada. Der Schriftsteller hat mal in Neumünster gelebt. Und nachher muss ich noch die Unterlagen per Mail an den LSV schicken, das habe ich noch nicht erledigt. Kannst du vielleicht später noch mal anrufen?"

„Ja, nein, mach du ruhig deine Sachen. Ich lass dich heute Abend in Ruhe."

„Okay dann bis die Tage", sagt Eva.

„Ja, bis irgendwann, wenn's mal passt. Tschüss."

Nach getaner Arbeit sendet Eva eine E-Mail mit der Gutenachtgeschichte „AfterWorkTalk"und einem Bild von früher (Gran Canaria 86) an Heribert.

Dann bucht sie die Reise nach Tunesien. Darauf will sie auf keinen Fall verzichten, egal wie es mit Heribert weiter geht.

8.

Am Montag schreibt Heribert:

Guten Morgen, also diese Tanja aus der „AfterWorkTalk" Story möchte ich auf gar keinen Fall kennenlernen! Deine Geschichten sind auf jeden Fall immer unterhaltsam und locker - Momentaufnahmen aus dem wahren Leben.

Auf dem Foto hätte ich dich jetzt nicht wiedererkannt. Bist du so was wie ein Chamäleon? In Ägypten hatte ich ja auch

schon so ein Gefühl, als wir uns abends am Strand gegenüber
standen.

Ich wünsche dir einen schönen und stressfreien Tag, Bert

Mittags schreibt Heribert noch mal und sendet ein
Bild von früher, als er lange lockige Haare hatte.

Es wird ja immer lustiger !!!

Vier Tage Ägypten mit Zug zum Flug incl. Frühstück ab
164 Euro und Vieles mehr... Super Lastminute-Reisen,
seitenlange Angebote. Wann auch immer wir uns sehen
möchten, wird es billiger im Süden, als gleich wo anders. Was
da noch alles auf uns zukommt... LG

Abends antwortet Eva und sendet auch ein altes
Foto von früher:

Ja wirklich! Nächstes Jahr buche ich zehn Wochen oder
noch mehr Langzeiturlaub Ägypten und schreibe mein Buch
fertig.

Wir treffen uns in Tunesien zum Tennismatch!

Auf dem Foto siehst du aus wie ein Mädchen. Aber das
war ja früher modern. LG

Am späten Abend ruft Heribert an.

Eva jubelt ihm entgegen: „Juhu, ich habe Tunesien
vom 11. bis 25. März gebucht."

„Ja wunderbar! Ich freue mich, dich endlich bald
wiederzusehen. Dann brauchen wir nicht bis April
warten."

Eva freut sich schon auf Tunesien, dann will sie ihn
dort zum Tennismatch auffordern. Was er wohl zu dem

Tennis Bild aus Spanien sagt? Da ist Eva von hinten im knappen Bikini zu sehen. Heribert hat Eva auf dem Bild nicht erkannt. Sein Bild mit dem Lockenkopf hatte Eva im ersten Moment auch nicht erkannt. Da sah er aus wie eine Frau, vielleicht wie Paula? Die soll ja auch Locken haben. Paula kocht immer noch gelegentlich für ihn. Aber wehe, wenn sich Heribert mit einer anderen Frau sehen lässt. Dann sieht Paula rot und wird zur Furie, erzählt Heribert. Er kann es nicht lassen. Auf solche Spielchen hat Eva keine Lust.

Nachdem sie jetzt Tunesien gebucht hat, muss sie schnell ihre To-Do-Liste abarbeiten. Da ist noch viel zu tun außer den Vereinsangelegenheiten, die Eva als ehrenamtliche Kassenwartin zu erledigen hat. Die Webseiten müssen aktualisiert werden, auch die vom Sportverein und die Reisebilder und Berichte.

Die langen Telefonate mit Heribert führen dazu, dass sie ständig mit den Gedanken bei ihm ist bis zum Einschlafen und am nächsten Morgen wieder das gleiche. Wo soll das noch hinführen?

Er erzählt, was er täglich erlebt mit Paula und seinen Kindern, Eltern oder seine anderen Mieter, was er in den Wohnungen zu tun hat, was repariert werden muss, wie es ihm gesundheitlich geht, nachdem er offensichtlich aufgrund von Medikamenten für seine Schulter einen Ausschlag auf dem Rücken bekommen hat, der nun aber langsam abklingt.

Heribert hat nun schon einige Kurzgeschichten von Eva gelesen. Die Geschichten aus dem wahren Leben findet er sehr unterhaltsam. Eva überlegt, daraus ein Buch zu machen. Gute Idee!

Am Dienstag früh schreibt Heribert:

Hallo Tina, schön, dann auf ins nächste Abenteuer. In zwei Wochen ist es soweit, solange halte ich noch durch.

Eva fragt: *Wer ist Tina? Gefällt dir der Name besser?*

Er: *Nein meine Liebe, du hast dich doch selbst so benannt oder?*

Sie: *Nein, mag sein, dass du mich in der letzten Story als Tina erkannt hast...*

Er: *Ja, sowie in der Story mit den leidenschaftlichen Küssen… Das Rennen ist für mich ja noch nicht gelaufen (für den Ägypter allerdings schon, hihi) Den Todesstoß verpasst du mir dann auf dem Tennisplatz oder du heißt in deiner nächsten Geschichte schwarze Witwe. Quatschen wir heute Abend? Ich mach dir dann auch schöne Augen, Bert*

Sie: *Hahaha, keine Angst, hab schon lange nicht mehr Tennis gespielt. Bin heute Abend nach dem Sport gegen zwanzig Uhr bereit zum Quatschen. LG Eva*

Am Dienstagabend ruft Heribert an und erzählt, dass ein türkischer Kumpel von ihm kurzfristig in die Türkei reisen will und Heribert gefragt hat, ob er ihm helfen kann, ein gutes Hotel zu finden. Eva ist begeistert.

„Ja, das ist doch super! Dann kannst du die Reise für ihn auf meinem Portal buchen."

„Nee, ich wollte nur was raus suchen und ausdrucken. Dann kann er selber gucken, wo er das bucht."

„So ein Blödsinn! Wozu machst du dir die Arbeit, wenn du nichts davon hast?"

„Ich hab ja sowieso nichts davon, aber Du."

„Du hättest dafür bei mir einen Wunsch frei."

Die Gelegenheit lässt Heribert sich nicht entgehen.

„Da fällt mir schon was ein. Ich überlege es mir. Bis bald."

Drei Tage hat Eva nichts von Heribert gehört. Sie ist gespannt, wie es weiter geht. Am Freitagabend ruft Heribert an.

Eva: „Hallo mein Freund. Wie geht es dir?"

„Ja es geht mir wieder besser."

„Warst du krank?"

„Nee."

„Da bin ich aber froh, dass die Paula dich nicht angesteckt hat."

„Nee ich gehe auch nicht zu ihr. Es gibt ja Telefon und sie hat ja ihren Sohn. Den kann sie anrufen, wenn sie was braucht."

„Kommt der denn oft?"

„Nur um die Hand aufzuhalten, wenn er Geld braucht."

Es gefällt Eva nicht, dass Heribert sich ständig gedanklich oder direkt mit Paula und ihrer Familie beschäftigt. Eva erzählt von ihrem Liebling:

„Mein Sohn ist da ganz anders. Als er letzte Woche mir das Auto zurückgebracht hatte, sagte er, ich gebe dir fünfzig Euro, weil ich nicht getankt habe. Ich dachte, ich hätte mich verhört und sagte, du meinst fünfzehn Euro? Nein fünfzig, sagte er. Aber das brauchst du doch nicht, sagte ich. Doch doch, das will ich, weil ich das Auto ja auch länger hatte. Da habe ich mich richtig gefreut."

Heribert erzählt: „Ja also, mein Kumpel war bei mir und ich habe ihm ein Hotel in der Türkei rausgesucht und das Angebot ausgedruckt. Da meinte er, dass er das bei einem Freund im Internet buchen kann. Da sagte ich nee, brauchst du nicht, das können wir hier auch zusammen machen."

Eva fragt überrascht: „Auf meinem Reiseportal?"

„Ja, wenn ich schon die ganze Vorarbeit geleistet habe."

Eva freut sich.

„Das ist ja unglaublich! Damit habe ich ja überhaupt nicht mehr gerechnet nach unserem letzten Telefonat."

„Da hatte ich mich überhaupt nicht gut gefühlt."

„Ich auch nicht. Es tut mir auch leid, was ich gesagt hatte. Ich habe schon befürchtet, dass du dich gar nicht mehr meldest, weil ich dich verärgert habe."

Heribert fragt: „Hast du deine Steckpuppe jetzt weg getan?"

„Was für ein Ding?"

„Eine Steckpuppe, damit kann man anderen Stiche versetzen."

„Achso. Nein, so was mache ich nicht."

63

„Da bin ich aber froh, es fühlte sich so an."

Eva:"Ich habe mich auch total schlecht gefühlt. Man schadet sich ja selbst damit, wenn man sich über andere ärgert. Gestern hatte ich so einen Liebesfilm gesehen. Da haben zwei sich beim Kennenlernen ständig was vor gemacht und sind wegen lauter Missverständnissen auseinander gelaufen, wie es im Leben oft vorkommt. Aber es gab ein Happy-End wie es nur in Romanen und Filmen vorkommt, weil es so gewünscht wird. Man freut sich einfach mit, wenn andere glücklich sind."

Heribert kommt auf das Thema Reisebuchung zurück.

„Ja, also mein Kumpel kommt morgen früh um zehn Uhr. Dann sagte er noch, dass seine Frau und sein Sohn auch mitreisen. Und wie ist das mit Reiseversicherungen?"

„Du kannst ihm auch das Versicherungspaket auf dem Reiseportal anbieten, da ist alles mit drin, Reiserücktritt-, Gepäckversicherung und Auslandskrankenversicherung. Wenn du Fragen hast, kannst du mich anrufen. Ich bin morgen Vormittag erreichbar."

„Okay dann machen wir das so."

„Ja super!"

Das Gepräch ist plötzlich weg. Eva schreibt eine Mail:

Lieber Bert, leider wurden wir gerade unterbrochen (Akku leer) hier noch eine Story aus meinem Leben. (Die zweite Geige und ein altes Foto von Kuba) LG Eva

Am Samstag ruft Heribert an.

„In zwei Wochen wird es interessant. Ich war schon lange nicht mehr mit einer Frau zusammen im Urlaub", sagt er.

„Wann war das letzte Mal?"

„Das ist sieben Jahre her. Die Mutter meiner Kinder hatte geschnarcht in Kreta. Das war nicht auszuhalten. Da habe ich auf dem Balkon geschlafen.

Mir ist was eingefallen für meinen Wunschzettel. Aber ich weiß nicht, ob ich das sagen darf, sonst schickst du mich vielleicht in die Wüste."

Eva will es wissen.

„Sag schon!"

„Ja also, ich liege auf dem Bauch und spüre auf dem Rücken ganz leicht deine Brüste", sagt er.

„Das ist doch gar nicht so schlimm, lass dich überraschen."

Dann erzählt Heribert noch von seiner Familie. Seine Schwester ist so wehleidig. Eben hat sie angerufen und war nur am jammern. Die Eltern fahren im Sommer gerne zum Campingplatz, weil das nicht so weit ist, falls mal was passiert. Die Mutter hatte drei Hirnschläge, aber der Vater ist gesund.

Am Sonntag schreibt Heribert:

Hallo Eva, gutes Timing, wir haben den richtigen Zeitpunkt zum Buchen gewählt. Die Preise sind rauf auf über 500 €. LG Bert

Eva antwortet:
Ja, wir sind das absolute Topteam.

9.

Am Montagabend ruft Heribert an. Eva freut sich. „Hallo mein Freund, wie war dein Wochenende?"

Heribert erzählt von seinen Kindern, die er das vergangene Wochenende bei sich hatte.

„Jo, ich habe mir den Max vorgeknöpft, er ist weggelaufen und kam nicht zum Mittagessen. Da habe ich ihn beim Freund gefunden. Dafür durfte er nicht mit zum Schwimmen. Und die Jenny hat sich gefreut, dass sie die volle Aufmerksamkeit hatte."

„Und wie geht es dir?"

„Ja, ich hab mir heute morgen Beiträge von Rupert Voß und Stefan Merath (Unternehmercoach) reingezogen, das war richtig gut. Also, so wie es jetzt ist, ist es gut. Halbe Sachen wie die letzten Jahre mit Paula, das will ich nicht mehr. Hat ja niemandem weh getan, aber ich habe mir schon lange eine Freundin auf Augenhöhe gewünscht. Du hattest mich ja genug bearbeitet und das funktioniert ja auch. Ich bin tief beeindruckt, wie fit du bist. Ja, jetzt hast du es mit einem Bock zu tun, mit einem Steinbock."

„Bist du manchmal bockig?"

„Ja, ich bin resolut, wenn mal was nicht nach meiner Vorstellung läuft. Aber inzwischen bin ich schon ruhiger geworden und geh auch mal auf Kompromisse ein. Ja, ich kann mir sogar vorstellen, mich nach zwanzig Jahren zu ändern, wenn die Richtige kommt."

Am Dienstag schreibt Eva:
Lieber Bert, hab ich zufällig entdeckt:
Story und Video "Warum ihr schuftet und wir reich werden" (youtube) und noch eine Kurzgeschichte von mir. (Ein Date am See) LG Eva

Heribert antwortet abends:
Hallo Eva, diese Kurzgeschichte gefällt mir am allerbesten, denn sonst hätten wir uns wohl nie kennengelernt. LG Bert

Nachdem Heribert Eva Dienstag und Mittwoch nicht erreicht hatte, ruft er am Samstagabend an.

„Hallo, da bist du ja wieder. Paula wollte mit mir essen gehen."

Eva wundert sich. „Warum?"

„Sie stellt Ansprüche", sagt er.

„Ansprüche? Was bietet sie dafür?"

„Ja, die Miete, hahaha. Sie will mit mir in die Kiste. Aber ich bin jetzt anständig und nicht mehr für jeden Spaß zu haben.

Die Fantasie geht mit mir spazieren, ich mache mir schon schöne Gedanken. Manchmal wache ich mitten in der Nacht auf und denke, ist das jetzt Leichenstarre?"

„Was hast du geträumt?"

„Von Dir habe ich geträumt, war schön. Ich habe schon schöne Vorstellungen und freue mich schon richtig."

„Ich freue mich auch."

„Morgen kommen meine Eltern, dann gehen wir essen."

Heribert erzählt noch von seinem Haus und den Mietern, was er gemacht hat und mit wem er was geredet hat. Nach zwei Stunden wird das Gespräch plötzlich unterbrochen.

10.

Um Mitternacht schreibt Eva:

Lieber Bert, Der Akku war wieder leer. Ich brauche wohl bald eine neue Telefonanlage.

Hier noch eine lustige Geschichte mit Ed, dem du zu verdanken hast, dass wir uns in Tunesien treffen. Ich brauche dringend Abstand von ihm. „Aftershowparty"

Heribert antwortet Montag früh:

Hallo Eva, zumindest fällt dem Ed immer wieder was Neues ein und hält dich in Bewegung. Nächste Woche gibt's eine neue Story und Ed steht als Erster im Buchladen. LG Bert

Am Dienstagabend ruft Heribert wieder an. Es vergeht kaum ein Tag ohne Kontakt. Obwohl Heribert oft Belangloses erzählt, freut Eva sich jedes Mal, seine Stimme zu hören.

„Hallo Bert, wie war dein Wochenende mit der Familie?"

„Ja, die Jenny war beim Pfadfinder-Camp und ich war mit dem Max schwimmen. Und am Sonntag waren wir mit meinen Eltern im türkischen Restaurant. Und dann haben wir zum ersten Mal Monopoly gespielt. Der Max wollte alle Straßen kaufen und hatte dann kein Geld mehr. Da haben wir gelacht und er hat sich aufs Sofa geschmissen und geweint. Meine Mutter hat gesagt, ich war als Kind auch so. Ich konnte auch nicht verlieren, obwohl verlieren ja nicht schlimm ist. Aber dann noch ausgelacht zu werden, ist gemein, sagte der Max."

„Und hast du inzwischen deine Miete von Paula bekommen?"

„Ich bin einfach hoch gegangen und habe sie mir geholt. Da hat sie natürlich wieder alle Register gezogen wollte erst mal Kaffee trinken. Holst du was vom Bäcker und so, aber ich wollte nicht. Ich habe ihr gesagt, wir leben in zwei Welten. Es gibt vieles, das kann ich mir mit ihr nicht vorstellen."

„Und was musstest du tun, um die Miete zu bekommen?"

„Ja, sie will ja immer mit mir in die Kiste, aber ich will nicht. Das habe ich ihr auch gesagt. Ich kann mich mit ihr nicht unterhalten, kann mit ihr kein Sport machen, allein schon spazieren gehen ist ihr zu anstrengend. Sie hat seit drei Jahren ein Fahrrad und das steht nur rum. Das hatte ich und ihr Sohn damals für sie gekauft."

Eva fragt: „Wieso fährt sie damit nicht?"

„Wenn die Fahrrad fährt, dann siehst du das Rad nicht mehr. Hahaha."

Eva wundert sich immer mehr, wie sehr er an seiner Lieblingsmieterin hängt.

„Und so eine gefällt dir?"

„Ja, das war ja nur die Oberweite, der Rest ist nicht schön. Und geliebt habe ich sie nie, das war nur Trieb. Wenn man alles auf dem Silbertablett bekommt. Das ist wie wenn du auf dem Rücken liegst und die süßen Trauben hängen direkt über deinem Mund den du nur öffnen brauchst. Da presst du ja nicht die Lippen zusammen."

„Deine Beziehung zu Paula dauert ja schon über vier Jahre, seit sie bei dir wohnt. Und am Anfang bist du ja auf sie zugegangen, weil sie dir gefallen hat. Und vor der Ägypten Reise im Januar wart ihr ja noch zusammen. Ich will auf keinen Fall einer Frau den Mann wegnehmen. Da ziehe ich mich lieber zurück und verzichte. So nötig habe ich das nicht. Ich komme auch gut alleine klar und kann warten, bis mir der Richtige über den Weg läuft."

„Ja, das glaube ich dir. Aber ich habe keine Beziehung mit Paula. Sie ist nur meine Mieterin. Im letzten Jahr war ich vielleicht dreimal mit ihr in der Kiste, weil sie alle Register gezogen hatte. Sie will mich, aber ich will sie nicht. Das habe ich ihr schon ein paar mal gesagt."

„Wenn das so ist, kümmerst du dich dann auch um die anderen Mieterinnen so intensiv?"

„Ja, so nicht. Aber ich habe zu allen Mietern ein gutes Verhältnis und helfe, wo ich kann. Die Paula hat mir ja schon oft gedroht, auszuziehen. Sie erzählt auch den anderen Leuten, sie wäre mit mir zusammen. Und wenn einer von ihren Verehrern sie mal zum Kaffee einlädt, dann erzählt sie denen, sie sei Single. Da habe ich sie gefragt, warum sie so was macht. Sie will mich nur eifersüchtig machen, sagt sie. Sie will nur mich. Die anderen will sie nicht."

„Dann liebt sie dich?"

„Ja, aber ich liebe sie nicht. Die steht bei mir schon lange auf der Abschussliste. Aber sie hat mich immer wieder rum gekriegt. Das ist keine Liebe, das ist nur Trieb", versichert Heribert wieder.

„Vielleicht solltest du deine Triebe besser unter Kontrolle kriegen."

„Das mit der Paula ist ja vorbei, das habe ich ihr auch gesagt. Meinetwegen soll sie ruhig ausziehen, wenn sie will. Ich will nur dich und ich freue mich auf Tunesien."

„Okay, ich freue mich auch, aber ob aus unserer Freundschaft mehr wird, weiß ich noch nicht."

11.

Am Freitagmittag sitzt Eva im Zug nach Hannover zum Flug nach Tunesien. Stress und Sorgen hat sie zu Hause gelassen. Und die Arbeit für den Sportverein, den Kassenbericht will sie später machen, wenn sie mit frischer Energie erholt aus dem Urlaub zurück kommt.

Gestern Abend hat sie nochmal mit Heribert telefoniert. Beide freuen sich sehr, dass sie sich morgen treffen und dann zwei Wochen in Tunesien gemeinsam verbringen. Heribert hat mit seinen Mietern alles geregelt. Nur die Pendelpaula droht ihm zum wiederholten Male, sich eine andere Wohnung zu suchen. Heribert sagte ihr, wenn sie gehen will, dann soll sie gehen. Möglichst weit weg, damit sie ihm nicht ständig über den Weg läuft. Aber sie will im Ort bleiben, weil es ihr gefällt. Auf jeden Fall meint Heribert, dass er genau wie Eva dringend Erholung nötig hat und sagt überzeugt: „Wir werden die Zeit in Tunesien genießen."

Ob Heribert wirklich gerne auf seine bisher liebste Mieterin verzichten wird, werden wir sehen, wenn ich ihn im Sommer besuche, denkt Eva.

Mit einer Stunde Verspätung abends um sieben Uhr geht der Flieger in die Luft. Von Evas Sitznachbarin erfährt sie, dass diese Flüge fast immer Verspätung haben.

Zuerst hatte der Zug Verspätung, dass Eva in Hamburg den Anschluss verpasste. Im Flughafen Hannover kam sie erst eine Stunde vor dem geplanten Abflug an. Aber das hat noch gereicht. Der Flug geht direkt nach Enfidha, danach wird die Insel Djerba angeflogen. Es wird wohl spät werden, bis Eva ankommt. Erstaunlich, dass die Fluggäste ein komplettes Abendessen im Flugzeug erhalten. Es gibt ein Brötchen, Nudelsalat mit Lachs und zwei kleine Kekse. Damit hatte Eva nicht gerechnet, nachdem es bei den letzten Flügen in die Türkei und nach Ägypten nur ein Keks oder eine kleine Waffel gab. Nach dem Essen gibt es noch Kaffee oder Tee.

Das Baby, das schon im Flughafen ununterbrochen geschrien hatte, brüllt wieder wie am Spieß.

Landung um halb zehn abends in Enfidha. Die Urlauber, die weiter nach Djerba fliegen, dürfen sich im Transitbereich die Füße vertreten, bevor es etwa in einer Stunde weitergeht.

Eva ist froh, das Ziel erreicht zu haben. Die Nacht in Tunesien ist mit zwölf Grad wärmer als der Tag in Deutschland.

Draußen wartet der Bus, bis die letzten Gäste einsteigen. Zwei Kinder kennen sich schon gut aus und können einige Worte arabisch. SHUKRAN heißt danke, SALAM ALEIKUM sagt man als Gruß und YALLA YALLA zum Busfahrer, der endlich losfahren soll. Erst nach zehn Uhr abends fährt der Bus. Ein Reiseleiter begrüßt die Gäste und gibt die ersten Infos für die Hotels.

Eva hat Glück, denn ihr Hotel in Yasmine Hammamet wird zuerst angefahren. Nach einer guten halben Stunde kommt sie im Hotel Chich Khan an, füllt die Anmeldung an der Rezeption aus und holt sich anschließend eine Flasche Wasser in der Bar, die um Mitternacht schließt. Ein Mitarbeiter trägt ihren Koffer in die zweite Etage. Der Fahrstuhl ist wohl gerade kaputt. Eva bekommt ein großes Zimmer mit Balkon Nummer 1357.

Ausgeschlafen. Ein wenig Licht scheint durch den Schlitz der Gardine. Es ist kalt. Eva bleibt noch eine halbe Stunde liegen bevor sie sich mit ein paar Yoga-Übungen aufwärmt. Nach der Dusche ist Eva richtig wach.

Im Restaurant gibt es ein Buffet mit reichlich Auswahl. Eva entscheidet sich für einen Pfannkuchen mit Schokoladensoße und Joghurt mit Früchten.

Nach dem Frühstück macht sie einen Rundgang durch die Hotelanlage. Endlich sieht sie die Sonne, die vom Balkon aus nicht zu sehen war. Es hatte letzte Nacht und gestern geregnet, aber es wird schon besser. Einige Frauen putzen das Regenwasser um den Pool herum weg.

Das Spa-Center hat leider bis auf das Hallenbad geschlossen. Zum Strand führt der Weg über die Straße circa fünf Minuten entfernt. Eva trifft Karina, die sich schon gut auskennt. Sie gehen zusammen zum Strand und zum Hafen. Sie verstehen sich auf Anhieb super. Karina ist fünfundsechzig Jahre alt und ein wenig moppelig. Sie zeigt Eva die schönen Stellen im Ort, wo man spazieren kann.

Karina war früher auch in Ägypten und hatte dort das Glück, die neu entdeckten Schätze in der Großen Pyramide zu sehen, bevor alle Funde im Museum untergebracht wurden. Das war ein besonderes Erlebnis. Aufgrund ihrer früheren Tätigkeit in einer Bibliothek hatte sie auch Zugang zu internen Informationen. Jetzt ist sie nicht mehr berufstätig und als Rentnerin ständig auf Reisen.

„Ich schaue mir die Welt an", sagt sie und hält sich den ganzen Winter über in den warmen Gegenden auf. Eva erzählt ihr von ihrer letzten Ägyptenreise, wo sie Heribert kennenlernte und dass sie sich hier im Hotel treffen.

Karina bleibt stehen und schließt die Augen. Sie sagt, dass sie eine besondere Gabe hat. Wie ein Film sieht sie das Leben der anderen, die Vergangenheit und die Zukunft. Das findet Eva sehr spannend. Mit ihren langen schwarz gefärbten Haaren, den dunklen Augen und dem bunten Shirt zur roten Hose sieht Karina aus wie eine Zigeunerin. Sie sagt:

„Ich sehe einen Mann an deiner Seite. Er ist groß und schlank..."

„Groß?" unterbricht Eva.

„Etwa einen halben Kopf größer als du. Er ist sehr offen und ehrlich dir gegenüber. Ihr werdet eine schöne Zeit miteinander haben", sagt Karina.

Eva sagt, dass sie ihn noch nicht lange genug kennt und unschlüssig ist, ob sie sich mit ihm einlassen wird. Sie fragt, ob es in seinem Leben noch eine andere Frau gibt.

„Da ist eine Frau, mit der er Gefälligkeiten austauscht, mal eine gemeinsames Essen oder er repariert etwas", sagt Karina.

„Ich will auf keinen Fall einer anderen Frau den Mann wegnehmen. Deshalb sind Männer, die verheiratet sind oder eine Beziehung haben für mich tabu", sagt Eva.

Wie es beruflich bei Eva weiter geht?

„Komm, lass uns da hinsetzen. Dann kann ich mich besser konzentrieren", sagt Karina.

Sie setzen sich am Hafen auf eine Mauer. Karina schließt wieder die Augen und sagt:

„Ich sehe ein Schiff, es ist kein Land zu sehen. Dort ist ein Mann, der dir helfen wird. Nimm die Einladung an."

„Okay, wenn sich die Gelegenheit bietet."

Eva hatte sich kürzlich für eine Inforeise für Touristiker und Presseleute auf einem Kreuzfahrtschiff beworben. Die Teilnahme ist noch ungewiss. Vielleicht klappt es ja.

Um halb elf Uhr geht Eva zum Infogespräch. Der Reiseleiter Mamut stellt sich vor. Eine junge Frau mit zwei Jungen, ein Mann und Eva sind dabei. Ob alle mit den Zimmern zufrieden sind, fragt Mamut.

„Ich hätte schon lieber ein Zimmer auf der Sonnenseite", sagt Eva.

„Ja, wir können tauschen", bietet er an.

„Okay, aber ich warte auf meinen Freund, der heute ankommt. Dann können wir vielleicht Zimmer nebeneinander bekommen", sagt Eva.

In die Orte Nabeul oder Hammamet kann man günstig mit dem Bus fahren. Wellness und Sauna werden im Hotel in der Nähe angeboten. Das sind ja gute Aussichten.

Eva setzt ihren Rundgang in der Anlage fort, entdeckt eine Tischtennisplatte, aber keinen Tennisplatz, den es hier auch geben soll. Ein Animationsteam soll um zehn Uhr jeweils Gymnastik und abends Unterhaltung bieten. Im Shop entdeckt Eva ein paar schicke Badeschuhe. Was die kosten? Zehn Dinar sagt der Mann. Eva legt sie zurück und geht aus dem Laden.

„Für Sie acht Dinar", ruft der Mann ihr hinterher.

Eva antwortet, dass sie vielleicht zurückkommt. An der Rezeption wechselt sie 20 Euro in 43 Dinar, das entspricht etwa 2,20 Dinar für einen Euro.

Eva geht zurück zum Shop und bietet fünf Dinar für die Badeschuhe. Der Mann lacht und sagt, er hätte dafür schon fünf Dinar bezahlt. Eva schaut ihn ungläubig an.

„Okay, fünf Dinar", sagt er dann. Eva bezahlt und freut sich auf die golden glitzernden Zehentrenner.

Mittags regnet es wieder. Eva nutzt die Zeit zum Lesen und Schreiben. Dann ruft sie Karina in ihrem Zimmer an und fragt, wo man im Hotel Tee oder Kaffee bekommt. Karina antwortet: „Komm zu mir, ich habe alles da."

„Super, bis gleich."

Karina hat auch ein großes Doppelbett für sich allein. Darauf liegen zwei Bücher und eine alte Zeitschrift.

Karina stellt Tassen und Kuchen auf den keinen Tisch.

„Aus dem Restaurant. Hast du gefragt?"

„Ich frage nicht, ich nehme einfach", sagt sie.

„Beim Frühstücksbuffet gibt's doch gar keinen Kuchen."

„Der ist vom Buffet gestern Abend", sagt sie.

Mit einem Tauchsieder macht sie das Wasser für den Kaffee heiß. Aber die Sicherung brennt durch und der Strom geht aus.

„Kein Problem", sagt sie und geht mit der Thermosflasche.

„Ich hole heißes Wasser nebenan bei meiner Freundin. Warte einen Moment."

Eva setzt sich auf Karinas Bett und liest so lange in einem Buch von Nora Roberts.

Nach drei Minuten kommt Karina zurück und gießt das kochende Wasser zum Kaffeepulver.

„Du liest auch gerne Liebesromane?" fragt Eva.

„Ich lese fast alles, vor allem spirituelle Sachbücher", antwortet Karina.

„Spirituelle Themen finde ich total interessant. Ich schreibe auch Liebesgeschichten, aber eher Kurzgeschichten aus dem Leben. Kannst du mir auch was über meinen Sohn sagen?"

Karina setzt sich auf die Bettkante und schließt ihre Augen. Ihre Lieder flattern.

„Dein Sohn ist groß und schlank. An seiner Seite sehe ich eine große schlanke Frau mit langen dunklen Haaren."

„Nein, das kann nicht sein", unterbricht Eva.

„Er ist zwar groß und schlank, hat aber keine Freundin. Er trauert immer noch seiner Ex hinterher, die ihm weggelaufen ist."

„Sie kommt zurück und sie heiraten. Sie hatte andere Männer, aber sie kommt zurück...."

„Das glaube ich nicht! Die waren schon mal auseinander und sind beim zweiten Versuch auch gescheitert. Außerdem ist sie blond", unterbricht Eva wieder.

„Vielleicht hat er nichts gesagt oder es ist noch nicht passiert. Sie kann auch ihre Haare gefärbt haben", sagt Karina.

„Nein, das würde er mir sagen und ich würde mich freuen. Ich mag das Mädchen", sagt Eva.

Nach einer knappen Stunde auf Karinas Zimmer sagt Eva:

„Ich will jetzt zur Rezeption. Mein Freund kommt gleich an. Danke für Kaffee und Kuchen. Wir sehen uns später."

Es wimmelt in der Lobby von Leuten. Inzwischen sind einige tunesische Familien mit Autos angereist, die hier das Wochenende verbringen.

Aufgeregt geht Eva die Treppe hoch, um von oben das Kommen und Gehen am Eingang besser übersehen zu können. Dann geht sie wieder runter. Da steht Heribert an der Rezeption und sieht Eva strahlend auf sich zukommen. Er lacht und umarmt sie. Dann sagt er:

„Du siehst ja toll aus. Noch besser als ich dich in Erinnerung hatte."

Er will ein Zimmer in Evas Nähe haben. Aber Eva will nach dem Wochenende auf die Sonnenseite wechseln. Der Rezeptionist sagt, das viele Tunesier am Sonntag wieder abreißen und Eva am Montag das Zimmer tauschen kann. Also ist Abwarten angesagt. Heribert bekommt ein Zimmer am anderen Ende des Ganges auf der zweiten Etage.

Momentan ist es sehr bewölkt und keine Sonne zu sehen, dass man nur ahnen kann, hinter welchen Wolken die Sonne sich versteckt. Es hat aufgehört zu regnen.

Bevor Heribert auspackt, geht er mit Eva spazieren. Am Strand regnet es wieder heftig und sie stellen sich an einer leeren Strandbar unter. Heribert nimmt Eva in die Arme und schaut ihr tief in die Augen. Ob er sie endlich küsst?

Als ob er ihre Gedanken lesen könnte, berühren sich ihre Lippen zu einem sanften Kuss. Die Küsse werden mehr und leidenschaftlich. Heriberts Hände gleiten dabei von Evas Brüsten zu ihrem strammen Hintern. Eva löst sich von ihm und lacht.

„Warum lachst du?"

„Kannst du meine Gedanken lesen?"

„Warum?"

„Ich habe eben gedacht, wann du mich küssen wirst und schon ist es passiert."

„So viel wie jetzt habe ich Paula in vier Jahren nicht geküsst."

„Das war aber nicht nett."

„Das war ja auch keine Liebe", sagt er.

„Ist schon komisch. Du sagst, du hättest außer deiner Exfrau keine geliebt, alle nur gerne gehabt. Ich habe alle geliebt, mit denen ich zusammen war. Und wenn die Liebe vorbei war, habe ich mich in Freundschaft getrennt."

Beim Abendessen setzt sich ein Mitreisender von Heribert mit an den Tisch. Stolz sagt Heribert:

„Das ist der Lange, der bei mir mit im Bus saß. Deinen Namen habe ich vergessen. Und das ist die Wundertüte, die ich in Ägypten kennengelernt habe, von der ich dir erzählt habe."

„"Ich heiße Volker", sagt der Lange und reicht Eva die Hand.

„Eva."

Volker ist etwa gleich alt wie Heribert, groß und sehr schlank.

„Und habt ihr euch hier zufällig wieder getroffen?" will er wissen.

„Nee, da haben wir dem Zufall schon nachgeholfen", sagt Heribert und lacht. Dann geht er noch mal zum Buffet.

„Und wie habt ihr euch in Ägypten kennengelernt?" fragt Volker.

„Beim Sport, wir haben zusammen Yoga gemacht, Beachball, Tischtennis, Volleyball gespielt und getanzt", antwortet Eva.

Als Volker zum Buffet geht und Heribert zurückkommt, sagt Eva:

„Er wollte wissen, wie wir uns kennen gelernt haben."

„Vielleicht kann er da noch was lernen, wie man eine Frau im Urlaub anspricht." Heribert und Eva lachen.

Nach dem Abendessen gehen sie in die Kuschelecke und trinken Tee bei Alibaba, der sie vorher beim Rundgang angesprochen hatte. Ein Animateur kommt vorbei lädt sie in die Disco ein.

Sie verzichten. In Evas Zimmer legen sie sich aufs Bett und quatschen.

Heribert will alles aus Evas Leben wissen, ob sie die Stories, die er von ihr gelesen hat, alle selbst erlebt hat und wie die Geschichten weiter gehen. Bereitwillig erzählt sie, bis er müde wird und sich mit einem Küsschen verabschiedet.

Eva wacht um sieben Uhr auf, bleibt noch unter der warmen Decke liegen, weil es zu kalt ist. Warum ruft Heribert nicht an? Er wollte sie doch wecken. Eva versucht, ihn anzurufen. Er nimmt nicht ab. Ob er als Frühaufsteher spazieren gegangen ist? Gegen halb acht klopft er an ihre Zimmertür und sagt fröhlich: „Guten Morgen, meine Liebe, mein Telefon ist kaputt."

„Oh, wenn das Restaurant nicht so weit wäre, könntest du mir einen Kaffee bringen, dass ich wach werde", sagt Eva.

„Ja klar, das mache ich", antwortet er und wendet sich zur Tür.

„Super, dann gehe ich inzwischen schnell unter die Dusche."

Heribert kommt mit dem Kaffee zurück, als Eva gerade ein blumiges Sommerkleid angezogen hat.

„Wollen wir noch kurz ein wenig Frühsport machen?"

„Ja klar, das mache ich gerne mit", sagt Heribert.

Nach ein paar Yoga Übungen und dem Sonnengruß gehen sie zum Frühstück. Karina winkt sie an ihren Tisch. Eva stellt ihr Heribert vor und Karina ihre Freunde Christa und Eddi, die auch wie Karina in Tunesien immer wieder monatelang den Winter verbringen.

Anschließend machen alle zusammen einen großen Spaziergang zum Yachthafen und um die Insel der Reichen. Dort leben die wohlhabenden Tunesier unter sich in schönen weißen Villen. Kein Tourist hat Zugang auf diese kleine Insel, die mit Hängebrücken mit dem Festland verbunden ist.

Christa ist siebzig Jahre alt und hat eine zierliche Figur. Sie ist eine von den vielen reichen Witwen, die gerne viel reisen. Sie hat den sechzigjährigen Eddi im Urlaub kennengelernt. Drei Monate wollen sie hier bleiben und kennen sich inzwischen gut aus.

Heribert unterhält sich mit Eddi über Geld verdienen mit Trading. Eddi hat sein Laptop mit und beschäftigt sich damit jeden Tag nach dem Frühstück stundenlang. Heribert ist sehr interessiert und will sich das gerne anschauen.

Christa unterhält sich mit Karina, während Eva damit beschäftigt ist, mit ihrem Smartphone Fotos zu schießen. Auf dem Rückweg gehen alle in den Supermarkt und kaufen Wasser und Kekse.

Karina hat alle zum Kaffee und Kuchen auf ihrem Balkon eingeladen. Die Sonne kommt und geht, es regnet nicht mehr, ist aber noch sehr kühl, dass alle sich anschließend in der Badewanne aufwärmen wollen. Gute Idee.

Nach dem Bad klopft Heribert an Evas Tür. Im Handtuch eingewickelt lässt sie ihn rein und drückt ihm das Massageöl in die Hand. „Du kommst gerade recht und kannst mir den Rücken einreiben", sagt sie.

„Ja, das mache ich gerne", sagt er. Eva genießt eine Ganzkörpermassage und Heribert hat seinen Spaß dabei.

Beim Abendessen sieht Heribert Volker kommen.

„Da kommt der Lange von gestern. Soll ich ihn zu uns winken?"

„Ja, warum nicht", antwortet Eva.

Volker arbeitet als Lagerist und ist nur eine Woche hier. Der Kellner spricht ihn mit Chef an. Eva sagt:

„Wenn du zur Arbeit zurückkommst, sagst du, du hast dich im Urlaub zum Chef qualifiziert."

„Ja, ich sage zum Chef: Suchen Sie einen Nachfolger? Hier bin ich. Hahaha."

Karina setzt sich mit an den Tisch und unterhält sich angeregt mit Volker, der ihr gegenüber sitzt. Eva schweigt und schaut ihrem Gegenüber immer wieder tief in die himmelblauen Augen. Karina schlägt vor, anschließend zusammen am Kamin in der Bar zu sitzen. Dort flüstert Heribert Eva ins Ohr: „Heute wünsche ich mir, mit dir unter der Bettdecke zu kuscheln."

„Okay."

12.

Morgens um sieben Uhr klopft Heribert an Evas Tür und bringt Kaffee.

Nach dem Frühstück spielen sie Beachball am Strand, treffen dort Karina und gehen am Yachthafen entlang spazieren. Mittags um zwölf Uhr sind Eva und Heribert mit Eddi zum Tennis verabredet. Eva hat zwei Schläger und Bälle mit. Beide haben ewig nicht gespielt und wollen es mal wieder probieren. Zuerst spielen Eva und Eddi. Heribert und Christa schauen zu und unterhalten sich. Zufällig findet Eddi einen Fußball hinter dem Tennisplatz. Er holt ihn, während Eva mit Heribert weiter spielt.

Dann spielen Heribert und Eva gegen Eddi Fußball-Tennis.

„Wollen wir mal aufs Tor spielen?", fragt Eddi, der früher ein guter Spieler war und noch einige Tricks drauf hat.

Heribert geht ins Tor. Eddi und Eva spielen sich zu und schießen auf das Tor, bis Evas Kondition nachlässt. Sie sagt: „Ich kann nicht mehr."

„Ich aber auch nicht", sagt Eddi, der ordentlich gerannt ist und entsprechend schwitzt, während Eva nur ein paar Schweißtropfen auf der Nase hat.

Nach einer kurzen Pause am Pool, wo Karina, Christa und Volker in der Sonne sitzen, entschließen Heribert und Eddi sich noch für eine Runde Tischtennis. Heribert hat seine Schläger dabei. Er besiegt Eddi und bekommt dafür ein Küsschen von Eva.

„Der Verlierer muss gegen mich antreten", sagt Eva.

Eddi gewinnt den ersten Satz, Eva den zweiten. Ob er sie mit Absicht hat gewinnen lassen, weil er noch einen Satz spielen wollte? Egal, er gewinnt den dritten Satz knapp.

Karina lädt wieder alle zum Kaffee und Kuchen auf ihrem Balkon ein. Inzwischen bemüht sich Eva, ihr Zimmer zu tauschen, weil sie absolut keine Sonne auf dem großen Balkon hat. Sie schaut sich zuerst ein Zimmer in der zweiten Etage neben Heribert an. Da scheint nachmittags die Sonne, aber der Balkon ist sehr klein.

„Wenn ich noch ein paar Minuten warte, habe ich die Chance, ein Zimmer in der dritten Etage zu bekommen", erzählt Eva.

Heribert kommt mit zur Besichtigung. Die Aussicht oben ist viel besser. Die Putzfrau macht das Zimmer 1477 gerade sauber. Inzwischen sitzen alle bei Karina zum Kaffee und Kuchen. Danach kommt Karina mit in Evas neues Zimmer und hilft dabei, einige Sachen rüber zu tragen. Heribert nimmt den Koffer und Eva den Rest. Den Schlüssel vom alten Zimmer gibt Eva an der Rezeption ab und bedankt sich.

Dann machen Heribert und Eva einen langen Spaziergang vor dem Abendessen. Händchenhaltend und schweigend genießen sie die Zweisamkeit. Immer wieder schauen sie sich dabei in die Augen anstatt auf den Weg. Heribert täuscht vor, zu stolpern und lacht. Er nimmt Eva in den Arm und schaut ihr tief in die Augen. Sie küssen sich immer wieder.

„Deine Küsse machen süchtig. Heute Abend wünsche ich mir ein gemeinsames Bad in der Wanne mit dir."

„Und ich wünsche mir eine Massage danach", antwortet Eva.

Abends liegen sie auf Evas Bett, küssen sich immer wieder und kuscheln ein wenig. Heribert erzählt von seinen Verflossenen, die er alle nur gern hatte.

„So harmonische Stunden wie mit dir habe ich mit Paula nie erlebt. Das war auch keine Liebe, nur Trieb."

„Wenn du so was nicht kennst, weißt du vielleicht auch gar nicht, wie man eine Frau verwöhnt", gibt Eva zu bedenken.

Plötzlich steht Heribert auf und geht wortlos.

Wie mit Karina abgesprochen treffen sich alle bis auf Eddi, der kurzfristig abgesagt hat, beim Frühstück um sieben Uhr. Um acht Uhr wollen alle gemeinsam eine Busfahrt unternehmen.

Heribert weicht Evas Blicken aus, behandelt sie wie Luft und unterhält sich ausschließlich mit Karina.

Letzte Nacht hatte Eva schlecht geschlafen. Nach dem Missverständnis gestern Abend hat sie stundenlang gegrübelt, was mit Heribert los ist.

An der Bushaltestelle wechselt Heribert die Straßenseite und geht Eva aus dem Weg. Eva geht auf ihn zu und fragt:

„Warum gehst du mir aus dem Weg?"

Er antwortet nicht. Eva fordert ihn auf: „Rede mit mir!"

„Du hast gesagt, ich könne keine Frau verwöhnen."

„Das war doch nur eine Frage", antwortet sie.

Sie sprechen sich aus.

„Gibst du mir eine zweite Chance?" fragt Heribert. Evas Antwort ist ein Kuss.

Auch Christa hat kaum geschlafen, weil sie die ganze Nacht mit Eddi geredet hatte. Sie haben sich getrennt, nachdem Eddi sie beschimpft hatte, sie würde mit den Animateuren flirten.

Karina macht die Reiseleiterin. Sie kennt sich in Tunesien gut aus. Auch Volker ist begeistert und freut sich auf die Fahrt. Die Busse sind in Tunesien extrem billig. Manche Strecken kosten weniger als ein Dinar. Deshalb sollen alle mit kleinen Münzen bezahlen, sagt Karina.

Der erste Bus, der offensichtlich zu früh gefahren ist, haben sie verpasst. Kein Problem. Sie warten eine halbe Stunde und nehmen den nächsten Bus nach Nabeul. Heribert bezahlt mit einem Dinar für Eva mit.

In Nabeul steigen sie um in einen anderen Bus nach Soliman, von dort geht es weiter. In einem typischen Männercafé trinken sie einen Mokka, weil die Frauen dringend eine Toilette suchen. Aber Vorsicht! Bloß nichts berühren. Schrecklich.

Die Männer lachen. „Vielleicht solltet ihr nächstes Mal lieber einen schönen Busch suchen", sagt Heribert.

Die Fahrt geht weiter nach Karbons, wo heiße schwefelhaltige Thermalquellen sich ins Meer ergießen.

Nach einem Spaziergang an der Küste entlang geht Karina im Meer bei den heißen Strömungen baden. Sie hat am Arm Stiche von einer Qualle. Auch Heribert erwischt es zwei Mal am Rücken, als er Eva den Weg zum heißen Stein frei schwimmt. Aber das schwefelhaltige Wasser lässt die juckenden Stellen schnell heilen. Christa sitzt im Badeanzug auf einem Stein am Rand und lässt die Beine ins Wasser baumeln.

Anschließend essen sie die mitgebrachten Reste an Kuchen und Kekse.

Auf dem Rückweg wird Eva im Bus total müde und schläft fast ein. Heribert legt den Arm um sie. Eva fühlt sich geborgen und genießt die Entspannung. Gut ausgeruht kommen sie nach Nabeul. Bevor sie weiter zurückfahren, gehen sie in der Stadt spazieren. Karina geht in eine Bäckerei und kommt mit einem frisch gebackenen Stangenbrot wieder, das sie an die Gruppe verteilt. Den Rest schenkt sie einer Bettlerin, die auf dem Bürgersteig sitzt und sich freut.

In der Medina kauft Heribert Geschenke für seine Kinder. Für Jenny eine rote Geldbörse und für Max eine Flöte aus Holz für je ein Dinar. Karina kauft einen Krug, in dem sie Wasser für den Kaffee kochen kann. Dann fahren sie mit dem nächsten Bus zurück nach Yasmine Hammamet. Vor dem Einsteigen sagt Heribert zu Eva: „Du kannst auch mal löhnen."

Spontan gibt Eva Karina einen Zehn-Dinar-Schein und sagt:

„Die Rückfahrt bezahle ich für uns. Ich hab's nicht kleiner."

„Nein, das brauchst du nicht. Behalte dein Geld, ich hab noch Kleingeld. Ich mach das schon", sagt Karina und gibt Eva den Schein zurück.

Eva ist ein wenig enttäuscht. Sie dachte, dass Heribert die zwei bis drei Dinar für die Busfahrt gerne für sie bezahlt hätte. Dass er so geizig ist, war ihr bisher nicht aufgefallen. Oder ging es ihm dabei ums Prinzip?

Gerade um sieben Uhr kommen sie direkt zum Abendessen an, müde und hungrig, aber zufrieden.

Eddi verhält sich sehr seltsam. Christa setzt sich zu ihm. Er grüßt die Gruppe am Nebentisch nur flüchtig. Den freundlichen Gruß des älteren Herren, der noch einen schönen Abend wünscht, erwidert er nicht. Er beschimpft und beleidigt Christa, wirft ihr vor, mit allen Männern zu flirten und sich peinlich zu benehmen. Christa schweigt und stopft sich mit einer weiteren Portion Erdbeereis voll.

Heribert steht auf, bleibt bei Eddi kurz stehen und sagt in ruhigem Ton: „Ich finde das nicht in Ordnung, wie du hier vor allen Leuten mit Christa redest."

Zu Eva sagt er dann: „Ich hab das nicht mehr ausgehalten. Der muss das doch nicht am Tisch sagen, wo alle zuhören."

Heribert und Eva gehen auf ihr Zimmer und duschen, um das Salzwasser abzuwaschen.

„Möchtest du, dass ich gleich zu dir komme?"

„Wenn du möchtest, gerne", antwortet Eva.

Sie haben noch lange geredet und alle Missverständnisse beseitigt. Die kaputten Telefone wollen sie reparieren lassen, damit sie sich nicht mehr verpassen.

Eva wacht um sieben Uhr auf und schreibt, bis Heribert um acht Uhr an ihre Tür klopft. Er hat Kaffee mitgebracht. Sie machen den Sonnengruß, dann gehen sie händchenhaltend zum Frühstück. Dabei schauen sie sich immer wieder tief in die Augen.

Die Sonne scheint. Sie spielen Beachball am Strand. Nachmittags nimmt Eva extra ihre Spiegelreflexkamera mit auf Fototour rund um den Yachthafen. Beim letzten Spaziergang hatte sie nur ihr Smartphone dabei.

Vor dem Abendessen bekommt Eva eine Spezialmassage von Heribert. Nach dem Essen gehen sie die Promenade entlang zur Brücke, wo die Piratenschiffe stehen. Unter dem Sternenhimmel küssen sie sich leidenschaftlich.

Um acht Uhr morgens ruft Heribert an.
„Hallo, mein Engel."
Er holt Eva zum Frühstück ab. Danach machen sie einen langen Spaziergang am Strand entlang, setzen sich in den Sand und genießen die Sonne und das Meer.
Mittags sind sie zur Busfahrt zur Medina nach Hammamet Altstadt verabredet mit Karina, Volker und Christa.
Christa und Eddi gehen sich nun aus dem Weg. Sie haben sich nicht mehr verstanden und Eddi mag auch nicht mehr reden.
Umso glücklicher ist Eva mit Heribert. Sie verstehen sich prima und reden viel über alles. Zwischendurch erzählt Heribert Witze und selbst erfundene Märchen von der Zauberfee.
Es regnet. Sie laufen schnell von der Bushaltestelle zum Hotel zurück. Nach dem Abendessen geht Eva

kurz in die Bar zu Karina und Christa. Das Animationsprogramm ist eher für Kinder.

Heribert ist sofort auf sein Zimmer gegangen. Er hat dazu keine Lust. Eva ruft ihn an und wünscht ihm eine gute Nacht.

Es ist kühl und bewölkt. Um acht Uhr holt Heribert Eva zum Frühstück ab. Christa hat ihren letzten Tag. Nach dem Frühstück verabschieden sie sich.

„Lass uns in Kontakt bleiben, wir sind ja fast Nachbarn", schlägt Eva vor.

„Ja, gerne", antwortet Christa. Sie tauschen ihre Telefonnummern aus.

Volker hat auch seinen letzten Tag. Zu dritt gehen sie noch zusammen eine Runde spazieren. Volker erzählt, dass er auch ein Motorrad hat wie Heribert. Ein interessantes Thema für beide.

Dann fragt Volker, was Eva beruflich macht. Bereitwillig erzählt sie ihm dies und jenes. Natürlich ist das alles für Heribert langweilig und nicht neu. Offensichtlich stört es ihn. Er will es nicht mehr hören. Oder ist er eifersüchtig, weil Volker sich für Eva interessiert?

Heribert unterbricht Eva und hält ihr einen Vortrag, was er ihr schon mehrmals sagte.

„Das bringt doch alles nix, was du machst. Mit deine Fotos und Reiseberichten verdienst du doch nix. Warum konzentrierst du dich nicht auf Sport mit Älteren, anstatt zu reisen und zu schreiben? Als Trainerin bist du doch richtig gut. Bei dir geht doch alles nur ums Geld, wie bei der Geschichte über den geizigen Ed, die du geschrieben hast. Das will sowieso keiner lesen..."

Eva versucht, ihn zu unterbrechen mit „na ja", was heißen soll, weiß ich schon.

Aber er redet sich in Rage.

„Lass mich ausreden! Ich bin noch nicht fertig!"

„Jaja."

„Unterbrich mich nicht dauernd!"

Eva verstummt und sagt gar nichts mehr. Volker ist die Situation peinlich. Er versucht, Eva aufzumuntern und sagt: „Vielleicht kannst du mal googeln, was es noch für Möglichkeiten gibt."

Eva sagt: „Ich mach schon genug Sport mit Älteren. Die sind ganz schön anstrengend. Die rauben mir viel Energie. Ich konzentriere mich jetzt auf meine Reisetätigkeit, weil mir das mehr Spaß macht."

Volker verabschiedet sich.

„Tschüss, wir sehen uns noch bei Karina zum Kaffee".

Heribert sagt zu Eva: „Wollen wir Beachball spielen? Dann kannst du mir den Ball um die Ohren hauen."

„Okay."

Auf dem Weg zum Strand fragt er: „War dir das jetzt unangenehm, dass Volker dabei war und das alles mitbekommen hat?"

„Ja natürlich, ihm war das auch peinlich."

Heribert lacht. „Mir hat er aber etwas anderes gesagt."

„Was denn?"

Heribert stellt sich vor Eva, zeigt sein Pokerfacegrinsen und schaut ihr tief in die Augen. Dann lacht er. Manchmal weiß Eva nicht, ob er sie an oder auslacht, ob er es ernst meint oder Spaß macht.

Immer wieder erzählt er Geschichten, die er sich spontan ausdenkt und Eva ihn dann fragend anschaut.

Eva sagt: „Für mich war die Situation ähnlich wie bei Christa und Eddi. Der hat sie auch runter gemacht im Restaurant, wo alle zuhören konnten. Er war nur noch etwas schlimmer."

Heribert fragt: „War der Ed auch so?"

„Der war auch schlimmer, deshalb bin ich schon gegangen, wenn er damit angefangen hat. Aber hinterher hat er sich jedes Mal entschuldigt."

„Erwartest du jetzt von mir, dass ich mich entschuldige?"

„Ich traue dir etwas mehr Einfühlungsvermögen zu, dass du selbst entscheiden kannst. Ed musste ich erst beibringen, sich zu entschuldigen. Ich erklärte ihm, dass ich mich lieber einmal mehr als zu wenig entschuldige, wenn mich jemand falsch verstanden hat."

Heribert schaut Eva in die Augen und lacht.

„Und es tut mir nicht mal leid, hahaha."

„Du hast nur zwei Gesichtsausdrücke. Entweder du zeigst dein Pokerfacegrinsen oder du denkst dir eine Geschichte aus, das sieht dann so aus."

Mit offenem Mund hält Eva den Kopf schräg und schaut in die Luft. Beide lachen.

Beim Beachball haut Eva ihm die Bälle um die Ohren. Auf dem Rückweg fragt sie: „Wollen wir uns mal dieses Hotel mit der Wellness-Anlage anschauen?"

„Das wollte ich gerade vorschlagen", antwortet er.

Sie lassen sich das Fünf-Sterne-Hotel zeigen und bekommen einen Flyer aus dem Wellness-Center mit.

Bei Heribert im Zimmer hat das Zimmermädchen gerade aus Handtüchern einen Schwan mit Blüten gebaut und eine rote Rose im Glas auf den Tisch gestellt. Er bedankt sich bei ihr „Merci buku."

Eva wundert sich. „Ich habe keine Blumen vom Zimmermädchen bekommen. Wie viel Trinkgeld hast du ihr gegeben?"

„Nur drei Dinar."

„Und meine hat fünf Dinar gekriegt. Der geb' ich nichts mehr."

„Hahaha, vielleicht denkt sie, ich bin eine gute Partie in den besten Jahren. Manche suchen ja so einen Mann zum Heiraten."

Eva beißt Heribert auf die Zunge und sagt: „Wenn du zu frech wirst, beiße ich dir die Zunge ab."

Sie gehen zu Karina. Eva nimmt die Rose mit. „Die schenke ich Karina für den Kaffee."

Gespielt empört versucht Heribert sich zu wehren. „Nein, du kannst mir doch nicht einfach meine Blume klauen."

Der Kaffeetisch ist schon gedeckt. Karina freut sich über die Rose. Volker ist auch schon da und schaut Eva fragend an.

„Ich habe ihm die Zunge abgebissen", sagt Eva lachend und Heribert fängt an zu lispeln.

Nach dem Kaffee geht Karina mit Heribert und Eva in den Ort, um Meersalz zu kaufen. Die selbsternannte Heilerin hat angeboten, Heribert mit Akupunktur bei seiner entzündeten Schulter zu helfen. Dazu soll er vorher ein Bad mit Meersalz nehmen.

Aber sie finden kein Meersalz im Geschäft. Sie verschieben es auf Montag. Weil heute das Hotel extrem voll ist, schlägt Karina vor, dass sie sich vor sieben Uhr im Restaurant treffen. Denn es sind viele tunesische Familien zum Wochenende angereist.

Aber Heribert überlegt es sich kurzfristig anders und ruft Eva auf dem Zimmer um halb sieben Uhr an. „Du, ich habe keine Lust, jetzt zum Essen zu hetzen. Ich nehme erst mal ein Bad."

„Ich habe mich schon umgezogen und wollte gerade runter gehen", antwortet Eva.

„Und wenn du mit Karina allein zum Essen gehst?"

„Okay, das mache ich. Bis später. Ich bade lieber danach, da habe ich mehr Zeit."

Das Restaurant ist extrem voll. Eva entdeckt Volker und Karina, die einen Tisch am Fenster freihalten. Nach und nach kommen Tunesier mit Kindern, die quengeln und warten müssen, bis sie einen Platz bekommen. Karina nimmt eine Apfelsine mit und sagt:

„Ich mache Platz, bitte Madame."

Eva folgt ihrem Beispiel und Volker auch.

Die Mutter mit zwei Kindern bedankt sich „Merci buku."

Sie sitzen noch eine Weile in der Bar, bevor Volker abreist.

Karina fragt: „Wo ist Heribert? Will er sich nicht von Volker verabschieden?"

„Keine Ahnung", antwortet Eva und verabschiedet sich. Gegen zehn Uhr abends klopft Heribert an ihre Tür. Sie ruft aus dem Bad „Moment", schlingt sich ein Handtuch um und lässt ihn rein.

„Ich habe gerade gebadet."

„So spät?"

„Ja, wir waren noch in der Bar. Hast du Volker noch getroffen?"

„Nee, den treffe ich gleich in der Disco."

„Na gut, du hast vergessen, dich von ihm zu verabschieden. Er hat sich Sorgen gemacht und gefragt, ob wir überhaupt noch zusammen sind."

„Wieso?" fragt Heribert verwundert und tut so, als ob nichts gewesen wäre.

„Er hat doch alles mitbekommen, wie du mich runter gemacht hast."

Heribert dreht sich spontan um und geht wortlos.

Verzweifelt telefoniert Eva mit Karina.

„Ja, so ist der Steinbock. Der braucht drei Tage, bis er sich wieder beruhigt", sagt Karina.

Um sieben Uhr wacht Eva auf, weiß nicht, wie sie sich verhalten soll. Sie spürt, wie eine Faust ihr Herz zusammendrückt und ihr Tränen in die Augen treibt. Nie zuvor hat sie diesen Schmerz so intensiv erlebt. Die mit Heribert verbrachten Augenblicke hatten etwas Magisches. Er tut ihr so gut und bringt sie oft zum Lachen, aber manchmal auch zum Weinen. Doch schon bei dem kleinsten Konflikt rennt er davon, so weit und schnell er kann.

Wenn sie ihm beim Frühstück begegnet, will sie mit ihm reden. Sie glaubt nicht, dass er auf sie zukommt. Ganz verlieren will sie ihn auf keinen Fall. Sie will die verbleibende Zeit mit ihm noch auskosten und herausfinden, warum er sich so seltsam verhält.

Der Gedanke, dass sie sich eine Woche lang aus dem Weg gehen und bei zufälligen Begegnungen kein Wort wechseln, erscheint Eva unerträglich. Aber wenn sie zusammen sind und sich gegenseitig verletzen, weil beide sehr empfindsam sind, das geht auch nicht. Vielleicht können sie ja Freunde bleiben.

Eva hätte sich eine Fernbeziehung mit ihm gut vorstellen können. Aber offensichtlich sind sie zu verschieden. Eva hat keine Lust auf Machtkämpfe. Ohne Harmonie kann sie sich eine Partnerschaft nicht vorstellen. Sie will ihm vorschlagen, dass sie freundschaftlich miteinander umgehen wie zwei gute Kumpels, die sich in manchen Dingen besonders gut verstehen und über andere Dinge, wo große Differenzen sind, gar nicht mehr reden.

Gegensätze ziehen sich an. Sie sind verschieden wie Tag und Nacht. Sie hat große Ziele und träumt von einer besseren Zukunft. Er glaubt nur an das, was er sieht und anpacken kann. Beruflich sind sie total unterschiedlich. Es interessiert den einen wenig, was der andere macht. Eva ist zwar offen und manchmal dankbar für gute Vorschläge, lässt sich aber nicht vorschreiben, was sie machen soll.

Das Telefon klingelt. Karina ruft um neun Uhr an und fragt Eva, ob sie zum Frühstück kommt. Heribert und Eddi sind auch noch im Restaurant, sagt sie.

„Okay, ich komme gleich", sagt Eva und trifft fünf Minuten später Heribert und Eddi im Restaurant.

Eva setzt sich Heribert gegenüber und sagt: „Können wir nachher miteinander reden?"

„Okay wann?"

„Nach zehn Uhr am Pool?"

„Okay", sagt Heribert.

Eva geht ans Buffet. Um den Kaffeeautomat stehen fast zwanzig Leute. Bei dem anderen Automaten sind keine Tassen mehr da. Brötchen, Croissants oder Omelett gibt es auch nicht mehr. Nur Weißbrot und Marmelade und ein Glas Saft.

Am Tisch sagt Eddi zu Heribert: „Guck doch mal, ob du eine Tasse bekommst."

Heribert reagiert nicht. Dann stehen beide auf und gehen.

„Bis später", sagt Heribert.

„Wir wollen nachher Tischtennis spielen", sagt Eddi beim Gehen zu Eva.

Sie versucht noch einmal, eine Tasse zu bekommen und fragt einen Kellner. Es wimmelt nur so von tunesischen Familien mit Kindern, die hier das Wochenende verbringen. Da wird es im Hotel richtig ungemütlich. Eva nimmt eine Tasse von einem Tablett, mit dem ein Kellner durch die Menge balanciert.

Mit dem Kaffee in der Hand kommt sie an den Tisch zurück. Ihr Teller mit dem Brot ist mit einer Serviette bedeckt. Ein Tunesier steht am Tisch und wartet auf seine Familie. Eva trinkt ihren Kaffee im Stehen.

Ein Kellner fragt, ob sie eine halbe Stunde später zum Frühstück kommen könnte. Dann ist es ruhiger und es ist wieder genug Platz. Eva antwortet „Kein Problem, ich komme später wieder."

Sie geht am Strand spazieren und frühstückt danach um halb zehn Uhr ganz entspannt. Dann trifft sie Heribert und Eddi am Pool. Eva schlägt vor: „Wollen wir am Strand spazieren gehen und reden?"

„Okay", antwortet Heribert und geht mit. Eddi schlägt vor, dass sie anschließend in der Mittagszeit zu dritt abwechselnd Tischtennis spielen. Eva nickt dankbar und sagt: „Ja, gerne."

„Wie lange wolltest du mir noch aus dem Weg gehen?" fragt Eva.

„So drei Tage wäre ich allein oder mit anderen spazieren gegangen", meint Heribert nachdenklich.

„Mir ist die Situation total unangenehm. Ich will mich mit dir normal unterhalten wie mit den anderen auch. Und wir können doch Freunde sein und nur miteinander tun, was uns beiden Spaß macht und was nicht weh tut. Zum Beispiel Beachball oder Tischtennis spielen, spazieren gehen und uns unterhalten. Für eine Beziehung sind wir zu unterschiedlich, das funktioniert nicht", sagt Eva.

Heribert stellt sich breitbeinig mit den Händen in den Hüften vor Eva und schaut ihr tief in die Augen. Dann sagt er:

„Nur Freundschaft funktioniert nur mit jemanden, für den ich keine Gefühle habe. Ich mache dir einen anderen Vorschlag. Ich will keine halben Sachen. Ich will das ganze Paket."

„Du siehst ja, dass es nicht funktioniert. Ich muss ständig Angst haben, etwas Falsches zu sagen oder mich zu wiederholen. Schade, eigentlich wollte ich die Gelegenheit nutzen und ein paar Worte Französisch lernen."

„Das kannst du haben, aber nur im Bett", sagt er lachend.

„So war das nicht gemeint."

Er küsst Eva. In diesem Moment wird ihr bewusst, dass sie darauf auch nicht verzichten will und erwidert den Kuss. Verliebt zu sein ist nicht nur schön, sondern auch sehr schmerzhaft. Er nimmt ihre Hand. Schweigend gehen sie am einsamen Strand spazieren. Klare Meeresluft füllt ihre Lungen und die Sonne spendet frische Energie.

Zurück im Hotel treffen sie Eddi. Er fragt: „Wollen wir gleich zum Tischtennis oder was habt ihr vor?"

Heribert antwortet: „Eigentlich muss ich meine Schulter schonen. Ich hab da wieder Schmerzen."

„Wir können auch noch mal Tennis spielen", schlägt Eva vor.

Eddi schaut Heribert fragend an und sagt: „Ja gerne, wenn du einverstanden bist. Kommst du denn mit?"

„Okay", sagt Heribert.

Sie treffen sich auf dem Tennisplatz, aber Heribert zieht sich zurück und geht zum Pool, wo Karina im Bikini in der Sonne sitzt.

Zwischen ein paar Bällen redet Eva mit Eddi über ihre Beziehung zu Heribert. Eddi macht Eva Mut und sagt: „Ihr solltet euch wegen solchen Kleinigkeiten, die für Außenstehende Kinderkram sind, nicht aufgeben. Das wäre schade."

Heribert kommt zurück. Sie gehen zusammen zum anderen Hotel, wo zwei Tischtennisplatten draußen in der Sonne stehen. Eva setzt sich auf einen Stuhl und schaut zu, wie Heribert und Eddi spielen. An der anderen Platte spielen zwei Kinder. Nach einer Weile tauscht Heribert mit Eva.

„Es ist nur, damit wir ein wenig Bewegung haben", sagt Eddi. Mehr ist hier nicht möglich mit den spielenden Kindern und ihren Querschläger direkt daneben. Macht aber nichts. Anschließend gehen sie zum Strand. Eddi und Karina kommen mit.

Heribert hat die Beachball-Schläger im Rucksack dabei. Zuerst spielt er mit Eddi. Karina möchte nicht. Sie sitzt im Sand und unterhält sich mit Eva.

Auch Karina meint, dass die Differenzen zwischen Eva und Heribert Kinderkram sind. Und dass Eva manchmal auf Heribert zugehen muss, wenn er bockig ist. Er ist eben ein Steinbock. Da dauert es normalerweise drei Tage, bis er wieder zu sich kommt.

Heribert gibt Eva seine Schläger und fragt: „Willst du jetzt spielen?"

„Ja gerne."

Heribert setzt sich zu Karina und Eva spielt mit Eddi Beachball.

Karina behandelt Heribert am Knie und schickt ihn anschließend ins Meer. Sie geht auch mit ins Meer. Eva ist das Wasser viel zu kalt, sie hat auch keinen Badeanzug an. Sie wundert sich, warum Karina Heribert am Knie behandelt, weil er doch nur in der Schulter Schmerzen hat. Mit den Füßen im Wasser am Strand entlang spazieren ist auch schön. Heribert und Karina kommen aus dem Meer und ziehen sich schnell um. Dann schlendern alle zusammen zurück zum Hotel.

Vor dem Abendessen genießen Heribert und Eva noch die letzten Sonnenstrahlen auf ihrem Balkon. Später machen sie noch einen Abendspaziergang. Auf der Brücke küssen sie sich. Anschließend feiern sie ihre Versöhnung im Bett.

Sie treffen sich zum Frühstück um sieben Uhr, bevor die tunesischen Familien die Buffets belagern. Dann machen sie einen langen Spaziergang. Heribert nimmt Evas Hand. Schweigend gehen sie am Wasser entlang und schauen sich immer wieder glücklich strahlend in die Augen. Nachmittags gehen sie zum Strand und spielen Beachball.

Dann gibt es wieder Kaffee und Kuchen bei Karina auf dem Balkon. Inzwischen sind viele Tunesier abgereist und es ist wieder angenehm beim

Abendessen. Diesmal gehen Eddi und Karina mit spazieren. Auf der Brücke sagt Heribert:

„Hier ist die Stelle, wo wir uns immer küssen."

Karina und Eddi gehen weiter.

13.

Eva und Heribert hatten keine Zeit verabredet. Eva wartet, ruft dann morgens um halb acht Uhr bei Heribert an. Er ist nicht da. Um acht Uhr versucht sie es noch einmal vergeblich und geht dann enttäuscht allein ins Restaurant. Auf der Treppe kommen ihr Heribert und Eddi entgegen.

Überrascht fragt Eva: „Habt ihr schon gefrühstückt?"

„Ja."

Vorwurfsvoll sagt Eva zu Heribert: „Ich hätte auch gerne mit dir gefrühstückt, wir haben ja nicht mehr viel Zeit miteinander."

Heribert antwortet: „Wir wollten gerade online gehen, ich will mir das Trading anschauen."

„Dann gehe ich eben allein frühstücken."

Kurz nach Eva kommt Karina ins Restaurant. Und Heribert kommt dann zurück und setzt sich dazu.

„Hat der Eddi dich jetzt zu mir geschickt?"

„Nein, ich wollte mich noch kurz zu dir setzen und einen Kaffee trinken", antwortet Heribert.

„Wenn wir uns jetzt nicht zufällig getroffen hätten, könnten wir uns ja gar nicht verständigen, weil du kein

Handy hast. Und auf dem Zimmer sitzen und auf deinen Anruf warten würde ich auch nicht wollen. Du kannst jetzt ruhig wieder gehen, wir können ja eine Zeit verabreden."

Heribert antwortet: „Ja, wollen wir uns nachher am Pool treffen? So in einer Stunde?"

„Meinetwegen auch in zwei Stunden."

„Okay, das machen wir so, bis später", sagt er und geht.

Eva unterhält sich beim Frühstück mit Karina.

„Kannst du mir das seltsame Verhalten von Heribert erklären?"

„Keine Ahnung."

„Aber du brauchst doch nur die Augen schließen und dann siehst du alles."

Karina weicht aus. „Ich will mich da nicht einmischen."

Anschließend gehen sie zum Pool in die Sonne. Gegen halb elf Uhr kommt Heribert dazu. Der Animateur verteilt Gymnastikmatten und lädt ein zum Mitmachen. Heribert will seinen Arm schonen und Karina hat keine Lust. Sie schauen zu. Danach gehen Heribert und Eva zum Strand.

Nachmittags um halb drei Uhr fahren sie mit dem Bus nach Hammamet in die Stadt. Sie kaufen Meersalz und Seife für die Behandlung heute Abend bei Karina.

Eva kauft noch ein Kapuzen-Sweatshirt für zehn Euro an einem Straßenstand, weil ihr im Sommerkleid zu kalt ist. Zuerst wollte der Händler das Dreifache dafür haben. Aber es ist nicht gut verarbeitet und nach Evas Meinung auch nicht mehr wert.

Sie setzen sich in ein Straßen-Café und trinken einen frisch gepressten Orangensaft. Ein alter Mann spricht sie an und schenkt Eva eine Rose.

Zum Abendessen kommen viele Kinder, belagern das Buffet und machen einen Riesenlärm. Eddi steht wütend auf und geht zur Rezeption. Er beschwert sich beim Hotelmanager. Dann kommen zwei Männer an den Tisch. Einer reicht Umfragebögen herum.

Heribert schimpft: „Sie kommen gerade recht. Ich war schon oft in Tunesien. Aber so was habe ich noch nie erlebt. Ich komme hier bestimmt nicht wieder her!"

Der zweite Mann entschuldigt sich und fragt, ob er ein Getränk ausgeben darf. Heribert schüttelt den Kopf und sagt: „Ich will hier nur schnell wieder weg."

„Nach einem Bad mit Meersalz treffen sich Eva und Heribert bei Karina zur Behandlung.

Heribert ist zuerst dran. Karina massiert und bespricht Heriberts Rücken und die Oberarme.

Bei Eva, die unter ständigen Schmerzen im Nacken- und Schulterbereich leidet, sei es nur eine Kleinigkeit, sagt Karina. Aber die schmerzhafte Verspannung kommt bei Eva immer wieder. Karinas leichte Massage tut zwar gut, hilft aber nicht viel.

Nach der Behandlung liegen alle drei auf Karinas großen Doppelbett und entspannen.

Karina erzählt, dass sie ihren Vater aus dem früheren Leben als Partner wieder getroffen hatte. Sie hatte alles für ihn getan und er hatte sie nur ausgenutzt. Als er starb, erbten seine Kinder alles und sie musste aus der gemeinsamen Wohnung ausziehen.

„Wie kann man nur so dumm sein. Das könnte mir nicht passieren", sagt Eva.

Heribert fragt, wann er früher gelebt hat. Karina schließt ihre Augen und antwortet: „Du warst Gardeoffizier in Frankreich im achtzehnten Jahrhundert. Du warst verheiratet mit einer blonden Frau. Sie trug einen Schirm und elegante lange Kleider. Du hattest eine Tochter und einen Sohn."

Heribert ist beeindruckt und fragt immer wieder nach Einzelheiten. Laut und monoton redet Karina ununterbrochen. Eva ist total müde und schläft fast ein.

Karina sagt: „Ich glaube, ihr müsst jetzt ins Bett gehen."

Taumelnd richtet Eva sich auf. Heribert fragt: „Schaffst du das noch in dein Zimmer?"

„Na ja, danke Karina, bis morgen."

Heribert nimmt Evas Hand und begleitet sie in ihr Zimmer. Verwundert fragt Eva: „Bist du gar nicht müde?"

„Nö." antwortet er und fragt: „Soll ich dich ins Bett bringen?"

„Wenn du willst", antwortet Eva.

Er kommt mit in ihr Zimmer und sagt: „Na komm. Kurze Kuschelrunde."

Er zieht seine Jeans aus und packt sich unter die Decke.

„Ich wärme das Bett schon an", sagt er, während Eva ihre Zähne putzt.

Sie umarmt ihn von hinten. Schon kurze Zeit danach schnarcht er. Zweimal stößt Eva ihn an und sagt leise „Du schnarchst."

„Jetzt habe ich es auch gehört, ich gehe dann mal. Wie soll das bloß in Hannover werden? Da muss ich ja absagen."

Ruckzuck springt er in seine Klamotten und sagt: „Bis morgen."

Evas Nacken schmerzt nach wie vor.Es ist wohl doch keine Kleinigkeit, wie Karina immer wieder behauptet.

Nach dem letzten Abend mit Heribert spürt sie eine größere Distanz zu ihm. Sein seltsames Verhalten ist ihr ein Rätsel. Er ist nicht mehr wie am Anfang, als er ständig ihre Nähe suchte. Nach der Behandlung bei Karina hatte Eva schon ein unangenehmes Gefühl. Hat sie ihn verhext?

Wenn das so weitergeht, dass Heribert Eva nach und nach mehr aus dem Weg geht, können sie langfristig vielleicht doch noch gute Freunde werden, denkt Eva. Wenn er sich nicht einmal mehr auf die gemeinsamen fünf Tage in Hannover freut, kann die Liebe nicht besonders groß sein. Und er scheint auch gar nicht wissen zu wollen, wie es ist, neben Eva aufzuwachen.

Der Himmel ist bedeckt. Es ist nicht kalt, aber die Sonne kommt nicht richtig durch. Auf Evas Balkon liegt ein dicker Käfer. Ob er tot ist? Er erinnert Eva an

Pendelpaula, wie Heribert sie beschrieben hat. Wie ein fetter Käfer liegt sie nach dem Sex mit ihm bewegungslos in seinem Bett und streckt alle Viere von sich, dass ihm nur übrig bleibt, auf dem Sofa zu schlafen.

Um nicht drauf zu treten, schiebt Eva den Käfer mit dem Schuh in die Ecke. Er liegt auf dem Rücken und bewegt sich. Er ist nicht tot. Vorsichtig schiebt Eva ein Blatt Papier unter das Krabbeltier und wirft es über die Mauer.

Wenn das Verhalten von Paula nicht schlimmer ist als einen kleinen Stoß wegen seinem Schnarchen zu bekommen, sieht Eva keine Chance für eine Beziehung mit Heribert. Es ist auch ein himmelweiter Unterschied für ihn, Sex wie bisher gewohnt zu haben, als mit Eva. Es mag am Anfang interessant sein, aber langfristig könnte es doch zu anstrengend für ihn werden, seine Freundin zu verwöhnen. Vielleicht bleibt er doch lieber mit Paula zusammen. Eva entschließt sich ab sofort mehr Abstand zu gewinnen.

Um halb acht geht sie zum Frühstück. Eddi ist gerade fertig. Heribert hört fasziniert zu, wie Karina aus ihrem früheren Leben erzählt. Eva holt sich Kaffee und Croissants und setzt sich dazu.

Nach dem Frühstück geht Heribert zu Eddi und schlägt Eva vor, sie später am Pool zu treffen.

Eva setzt sich an den Pool in die Sonne und schreibt bis zehn Uhr. Dann kommt Heribert. Sie gehen am Strand spazieren. Er erzählt von Eddi, dass er mit Trading viel Geld gewonnen und wieder verloren hat.

„Diese Art Geld zu machen ist für mich nicht interessant. Da fehlt es mir an Fachwissen", sagt Eva.

Auch Heribert scheint es zu riskant. Er hat ja mit seiner Rente und den Häusern eine ständige Geldquelle. Aber dass Eva noch an ihrer Karriere arbeitet und aus seiner Sicht unrealistische Träume hat, stört ihn offensichtlich. Warum? Er hat doch bisher keinen einzigen Euro für sie ausgeben.

Eva kommt mit ihrem Geld gut aus. Auch wenn ihre kleine Reserve Heribert lächerlich erscheint. Sie sitzen am Strand und diskutieren über Geld, bis Eva sagt:

„Hör endlich auf!"

Er schmeißt ihren Schlüssel in den Sand und geht. Eva nimmt ihre Sachen in die Hand und geht zum Wasser. Der Wind trocknet ihre Tränen.

Er bleibt stehen und beobachtet sie. Nach einer Weile fängt er an zu lachen. Eva dreht sich um und fragt: „Was gibt es da zu lachen?"

Er antwortet. „Weißt du, wieso ich hier noch stehe? Ich habe Hunger. Ich will meinen Kuchen."

Er kommt zu ihr und nimmt sie in die Arme. Zitternd fragt sie:

„Was stört dich daran, dass ich meine Träume habe?"

„Nix, aber man muss doch auch bereit sein, eine Arbeit zu machen, die nicht nur Spaß macht."

„Das mache ich doch auch."

„Was denn?"

„Jetzt mache ich Urlaub."

„Und was machst du sonst?"

Schreiben ist aus seiner Sicht offensichtlich keine Arbeit.

„Was soll ich denn machen? Hast du mir was anzubieten?"

„Ja, auf einem Kreuzfahrtschiff oder als Zimmermädchen würden die doch lieber ein junges Mädchen nehmen. Das kannst du vergessen."

„Das brauchst du mir nicht erklären. Das weiß ich selbst und es ist auch nicht mein Ziel. Es ist genug! Du kannst gehen!"

Eva wendet sich ab und geht ans Wasser. Der Wind trocknet ihre Tränen.

Im Hotel macht sie eine Arbeit, die ihr nicht gefällt. Sie wäscht ihre Socken. Um 17 Uhr klingelt ihr Telefon. Es ist Heribert.

„Na, was dachtest du wohl, wer jetzt anruft?"

„Karina."

„Nee. Hast du jetzt Sprechstunde?"

„Dafür ist doch Karina zuständig. Was willst du denn besprechen?"

„Ja oder nein?"

„Okay."

„Ich bin in zwei Minuten bei dir."

Heribert kommt und küsst Eva leidenschaftlich.

Eva kann nicht anders. Sie erwidert den Kuss. Der Gedanke, zukünftig darauf zu verzichten, tut ihr weh.

Heribert bringt es auf den Punkt und sagt: „Alles noch mitnehmen, solange es geht."

Eva hatte vor wenigen Minuten angefangen, ihre Mails zu checken. Sie hat gerade eine Absage für eine

Info-Reise auf dem Kreuzfahrtschiff erhalten. Solche Absagen sind für sie aber kein Problem. Damit kann sie gut umgehen.

Heribert meint, es sei doch frustrierend, ständig Absagen zu bekommen.

„Aber man gewöhnt sich daran. Es ist eine Einstellungssache. Ich erwarte nichts Bestimmtes, glaube aber daran, auch mal Glück haben zu können. Aber einen Job beim Promi-Fitness-Couch in Marbella bei den Reichen und Schönen zu bekommen, wäre zu vermessen", meint Eva.

Sie erzahlt davon, dass in Spanien Sportkurse für jedermann angeboten werden und dass dort Trainer gesucht werden.

Heribert meint, sie soll sich dort doch bewerben und Sport für Ältere anbieten. Da sieht Eva allerdings kaum eine Chance.

Eva macht ihr Laptop aus und gibt Heribert den Croissant, den sie für ihn aufgehoben hat.

„Du hast doch sicher Hunger", sagt sie.

„Ja klar, deshalb bin ich doch hier."

Sie setzt sich zu ihm auf das Bett und fragt: „Und was hast du gemacht?"

„Ich habe gebadet."

Eva fragt verwundert: „Ja? Du solltest doch erst abends vor der Behandlung bei Karina baden."

„Dann bade ich eben noch mal", sagt er.

„Und was willst du besprechen?"

„Sprechstunde bedeutet ja auch Behandlung. Wollen wir kuscheln?"

Man könnte meinen, Heribert streitet sich immer wieder gerne, weil ihm die Versöhnung danach große Freude bereitet.

Sie liegen auf dem Bett und küssen sich. Eva genießt es, ist aber zu mehr nicht bereit. Er hat immer Lust, wenn sie nicht will. Und wenn sie Lust hat, ist er nicht erreichbar.

Zum Abendessen trifft er sich vorher mit Eddi. Gemeinsam kommen sie an den Tisch.

„Jetzt seid IHR das Pärchen", sagt Eva.

Eddi lächelt freundlich, Heribert setzt sein Pokerfacegrinsen auf. Karina kommt dazu. Sie redet ohne Pause über ihre Probleme mit der Rentenversicherung. Keiner hört ihr zu.

Heribert fragt Karina: „Und wie machen wir das jetzt?"

Sie sagt: „Ich muss noch telefonieren. Dann komme ich zu dir. Welche Zimmernummer hast du?"

Heribert schmeißt seinen Schlüssel auf den Tisch und sagt:

„Oder ich gebe dir meinen Schlüssel. Dann kommst du mich überraschen."

„Nein nein." sagt Karina entrüstet.

Heribert lacht und sagt zu Eddi:

„Das war richtig schön gestern Abend. Wir lagen zu dritt in Karinas Bett. Eva in der Mitte ist fast eingeschlafen."

Eva sagt: „Ja, Karinas monotone Stimme war zwar laut, aber sehr ermüdend."

„Ja, das muss so sein", sagt Karina.

Eva fragt sie: „Und kommst du anschließend zu mir?"

„Nein, du kommst mit. Ich will nicht bei Heribert allein..."

„Was? Nee!" Heribert unterbricht sie und lacht.

Karina sagt zu Eva: „Na gut, dann machen wir das bei dir."

Heribert protestiert.

„Nein! Das mache ich nicht! Eva schmeißt mich raus, wenn ich schnarche. Und bei mir geht das auch nicht. Eva kommt nie zu mir in mein Zimmer."

Karina lacht. „So ein Kinderkram. Dann kommst du eben zuerst zu mir und du kommst danach."

„Gut, dann komme ich gleich zu dir", sagt Heribert und geht.

Eva fragt Karina: „Wann soll ich denn kommen?"

„Ruf mich vorher an", antwortet sie und fragt: „Was machst du jetzt?"

„Ich ziehe meine Jacke an und gehe eine Runde spazieren."

Eddi fragt: „Allein?"

„Was denn sonst?"

Es ist ein seltsames Gefühl, allein die Wege zu gehen, die Eva vorher glücklich händchenhaltend mit Heribert ging. Aber zur Brücke, wo sie sich fast jeden Abend geküsst hatten, geht sie nicht. Wieder greift eine Faust um ihr Herz und drückt es fest zusammen. Das tut ganz schön weh. Sie geht am Strand entlang und weint. Der Wind trocknet ihre Tränen

Bei Karina ist das Telefon ständig besetzt. Heribert geht auch nicht an sein Telefon, obwohl er nicht wissen kann, wer anruft.

Also geht Eva kurz zu Karina. Verschlafen öffnet sie die Tür.

„Heribert ist schon lange weg und ich bin eingeschlafen",, sagt sie.

Es war eine unruhige Nacht. Der Sturm rüttelt immer noch an Evas Balkontür. Nach nur fünf Stunden wacht Eva auf. Bis ein Uhr nachts hatte sie ihre Mails gescheckt, um sich abzulenken. Es ist ihr unangenehm, wenn andere ihre verweinten Augen sehen. Eddi ist es beim Abendessen schon aufgefallen. Er fragte Eva, was mit ihren Augen ist. Eva sagte nur, das ihre Augen müde sind vom Wind.

Um sieben Uhr geht sie zum Frühstück und hofft, die Erste zu sein. Doch Eddi und Heribert sitzen bereits im Restaurant. Eva geht zu ihnen und fragt: „Darf ich mich dazu setzen oder wollt ihr lieber allein sein?"

Heribert grinst nur. Eddi sagt: „Natürlich, warum denn nicht?"

„Hätte ja sein können", sagt Eva und stellt ihre Handtasche auf den Stuhl neben Heribert. Kurz danach kommt Karina dazu.

Eva fragt Heribert: „Wo warst du denn gestern Abend?"

„Bei Karina. Und anschließend habe ich geschlafen."

„Ich war ja auch bei Karina. Sie hatte ja den Telefonhörer daneben gelegt. Da habe ich versucht, bei dir anzurufen."

„Da habe ich wohl schon geschlafen."

„Okay."

Eddi packt sich ein Käsebrötchen ein für später. Eva fragt Heribert: „Soll ich für dich wieder einen Kuchen einpacken? Du hast ja nachmittags immer Hunger."

Anstatt eine Antwort von Heribert sagt Eddi: „Ja, mach das ruhig. Das ist immer ein gutes Argument, miteinander zu reden."

Eva geht allein auf der Strandpromenade spazieren. Zufällig kommt ihr Heribert entgegen. Er bleibt stehen und sagt:

„Es gibt keine Zufälle. Musst du mir ausgerechnet jetzt vor die Füße fallen? Hat der liebe Gott dich zu mir geschickt?"

Breitbeinig wiegt er die Hüften und zeigt sein Pokerfacegrinsen.

„Lach mich an oder lach mich aus", sagt er.

Eva antwortet traurig: „Ich habe nichts mehr zu lachen. Warum gehst du mir aus dem Weg?"

„Für mich ist das Thema abgeschlossen. Ich habe dir nichts mehr zu sagen."

Sie gehen in Richtung Brücke.

„Welches Thema? Ich bin hier, um eine schöne Zeit zu haben und nicht um über Geld zu diskutieren. Meine Arbeit habe ich zuhause liegen lassen, um davon Abstand zu gewinnen und dann mit neuer Energie entspannt den Kram abzuarbeiten. Du hast damit nicht zu tun."

„Bei dir dreht sich doch alles ums Geld", sagt Heribert.

„Kann dir doch egal sein. Was ist denn jetzt mit dem Seminar in Hannover nächsten Monat?"

„Da kannst du alleine hin oder mit Ed."

Eva entrüstet: „So ein Blödsinn! Da geht es doch um Motivation und Weiterentwicklung für jeden. Das ist doch für dich auch interessant."

„Da sind doch überwiegend Schlipsträger, die unternehmerisch was aufbauen wollen. Das brauche ich nicht. Ich habe genug Geld."

„Im Motivations-Seminar geht es auch um persönliche Dinge wie Umgang mit Menschen. Ich erhoffe mir da eine neue Chance für uns. So wie es jetzt ist, kann man doch nicht miteinander umgehen. Man muss doch wie Erwachsene miteinander reden können. Was ist denn die Ursache für dein seltsames Verhalten mir gegenüber?"

Sie stehen auf der Brücke, wo sie sich oft geküsst hatten.

„Ich habe dir nichts mehr zu sagen", sagt er eiskalt.

Eva wendet sich schnell ab, dass er ihre Tränen nicht sieht. Sie setzt ihre Sonnenbrille auf und weint. So geht sie am Strand entlang und der Wind trocknet ihre Tränen.

Mittags trifft Eva Eddi an der Rezeption. Sie wollten eigentlich Tennis spielen, aber es ist zu windig.

„Wartest du schon?" fragt er.

„Nein ich bin gerade gekommen, wollte zwar noch Wasser kaufen, habe aber die Zeit vergessen", antwortet sie.

„Macht ja nichts", sagt er freundlich und setzt sich zu ihr.

Eva fragt: „Hast du mit Heribert gesprochen? Ich weiß nicht, warum er sich so abweisend verhält."

„Wir haben nur belangloses Zeug geredet. Er ist wohl nicht der Typ, der gerne über Gefühle redet, aber er ist in Ordnung", sagt Eddi und schlägt vor:

„Wir können ja später noch mal reden wenn du willst. Oder du redest mit Karina. Das macht sie sicher gerne."

„Okay", sagt Eva und geht auf ihr Zimmer.

Das Zimmermädchen hat die Handtücher weggenommen, aber noch nicht sauber gemacht. Wie gestern, nur da hatte Eva noch ein Handtuch. Sie schaut im Gang nach dem Personal, findet aber niemand. Sie geht zur Rezeption und fragt nach Handtüchern. Der Rezeptionist telefoniert und es wird sofort erledigt.

Im Laden um die Ecke kauft Eva eine große Flasche Wasser. Das müsste für die letzten zwei Tage reichen. Dann setzt sie sich auf den Balkon und liest in dem Buch, das sie von Heribert bekommen hat „Warum Männer nicht zuhören und Frauen schlecht einparken."

Was wohl schlimmer ist, denkt Eva. Und einparken kann sie gut. Offensichtlich hat Heribert aus dem Buch nichts gelernt, sonst könnte er sich doch mit ihr verständigen. Interessant ist, dass Männer stumm mit sich selber reden. Das tut Eva aber auch ständig, wenn sie allein ist. In dem Buch steht auch, dass die Männer lernen sollen, mehr zu reden, wenn sie mit Frauen besser auskommen wollen.

Nachmittags um vier Uhr ruft Eva Karina an und fragt, ob sie Zeit hat zum Reden. Sie weicht aus und sagt, dass sie gerade keine Zeit hat, weil sie dabei ist, Wäsche zu waschen, vielleicht später.

Eva hat schon verstanden. Karina will nicht mit mir reden. Denn Frauen können auch beim Wäsche waschen reden, wenn sie wollen.

Eva geht am Strand spazieren und spürt wieder diesen starken Schmerz in der Herzgegend. Sie weint und weint. Der Wind trocknet ihre Tränen.

Auf dem Rückweg trifft sie zufällig Karina. Sie gehen ein Stück gemeinsam.

Karina erzählt, sie habe gebadet und sei in der Wanne eingeschlafen. Dann redet sie von ihren Problemen wegen der Zusatzrente, die sie aufgrund einer Gesetzesänderung nicht bekommt. 35 Jahre lang hat sie eingezahlt und jetzt muss sie dafür kämpfen. Sie muss heute Abend noch mit der Versicherung telefonieren. Eva versteht ja, dass Karina derzeit reichlich mit ihren eigenen Problemen beschäftigt ist. Und dann erzählt Karina noch was von ihrer Schwester. Sie redet und redet. Ihre Laute monotone Stimme nervt nur. Eva hört ihr gar nicht zu. Bei einer kurzen Atempause unterbricht sie und fragt:

„Hast du mit Heribert gesprochen?"

„Nein, ich habe ihn seit dem Frühstück nicht gesehen."

„Ich habe für ihn extra heute morgen Kuchen eingepackt, weil er gestern danach gefragt hatte. Was soll ich damit machen? Willst du was essen?"

„Nein nein, ich habe selber genug. Du kannst ihn ja anrufen und fragen", schlägt sie vor.

„Habe ich schon versucht vor einer Stunde. Ich habe ihn nicht erreicht und weiß auch nicht, wo er ist. Er geht mir aus dem Weg und will nicht mit mir reden. Ich habe keine Ahnung, warum. Weißt du es?"

Karina antwortet: „Nein, woher soll ich das wissen?"

„Du brauchst doch nur die Augen schließen und siehst alles was du willst. Außerdem weißt du doch alles über Steinböcke."

„Nein nein, ich will mich da nicht einmischen. Ich habe dir doch gesagt, das Steinböcke drei Tage brauchen zum Überlegen, was sie wollen.

„Wir haben nur noch zwei Tage", sagt Eva und gibt auf.

Abends um sechs Uhr erreicht sie Heribert am Telefon. Sie sagt ihm, dass sie den Kuchen, auf den er gestern so scharf war, für ihn aufgehoben habe. Heribert lacht.

„Hahaha, wolltest du mich damit ködern?"

„Ja, und ich will noch mal mit dir reden."

„Worüber?"

„Es fällt mir schwer, unsere Beziehung von heute auf morgen abzubrechen, ohne dich richtig kennengelernt zu haben."

„Hahaha. Und wenn Du feststellst, dass ich ein Psycho bin und Macken habe, wenn ich ein Spinner bin?"

„Lass mich das doch selbst herausfinden, ob du psychisch labil bist", antwortet Eva.

„Vielleicht habe ich ja einen Schuss und gehöre in die Klapse. Hahaha. Was willst du denn noch mit mir?"

„Ich will dich küssen", sagt Eva.

„Ich bin total verschnupft. Meine Nase läuft dauernd. Willst du dich anstecken?"

„Ich bin auch verschnupft. Meine Nase läuft, meine Augen tun weh und ich habe Kopfschmerzen."

Dass es bei Eva keine Erkältung ist, sondern vom Weinen kommt, sagt sie nicht.

„Ah, ich glaube, ich weiß woher das kommt. Als wir im Bus auf den hinteren Plätzen saßen, war die ganze Zeit das Fenster auf. Eine Frau hatte extra den Platz gewechselt, weil es so zog", sagt Heribert.

„Das ist mir egal, ich will dich noch mal küssen. Wir haben ja nur noch zwei Tage."

Er antwortet: „Na gut, dann bin ich in drei Minuten bei dir."

Er klopft an die Tür. Eva macht auf. Er steht breitbeinig vor Eva, wiegt mit den Hüften, die Hände in den Hosentaschen und schaut sie mit seinem Pokerfacegrinsen an.

Eva küsst ihn und es tut gut.

„Kommst Du heute nach dem Essen mit spazieren? Gestern bin ich ganz allein gegangen."

„Okay, wir sehen uns beim Essen. Ich gehe vorher noch zum Eddi. Wir kommen dann zusammen runter. Bis nachher", sagt er und winkt ihr zu.

Eva ist klar, dass sie nicht mehr viel von ihm zu erwarten hat. Er achtet schon drauf, im Hotel nicht mehr händchenhaltend mit ihr gesehen zu werden.

Beim Essen setzt Eva sich neben Heribert. Den Platz ihm gegenüber hat Eddi eingenommen. So besteht keine Gefahr für Heribert, dass Eva ihm zu lange in die Augen schaut.

Karina kommt mit einem aufreizenden Dekolleté und setzt sich neben Eddi. Ihr knallrotes Top mit einem Schmuckstein gibt ihren halbnackten fleischigen Busen frei.

Sie weiß, was Männern gefällt und erntet ein Oh, auch von Eva. Obwohl Eva nicht begreift, dass man so schwabbelige zusammengepresste Brüste schön finden kann.

Karina reagiert nicht drauf und erzählt von sich, von ihrer Schwester und redet und redet und lacht laut wie immer.

Außer Eva scheint es Niemanden zu stören.

Nachdem Heribert den Nachtisch verspeist hat, fragt Eva ihn: „Bist du fertig?"

„Ja, was ist nun mit meiner Behandlung?" fragt Heribert.

Karina antwortet kurz: „Morgen, ich muss heute noch mal telefonieren."

„Wenn du mich heilen kannst, heirate ich dich."

Alle lachen.

Eva steht auf und fragt Heribert: „Wann gehen wir spazieren? Um Neun Uhr?"

Er nickt. Eddi steht auch auf und fragt verwundert: „Ach so, ihr wollt spazieren gehen."

Heribert und Eddi gehen hinter Eva die Treppe hoch. Sie dreht sich kurz um und sagt gute Nacht zu Eddi und zu Heribert:

„Bis gleich."

„Ja ich komme dann hoch", antwortet er.

Um neun Uhr klopft er. Eva macht die Tür auf und sieht ihn nicht. Er hat sich versteckt.

„Ah, du versteckst dich vor mir", sagt sie und zieht Schuhe und Jacke an. Kein Kuss. Sie gehen die Treppe runter. Anstatt Evas Hand zu halten wie sonst, hat Heribert beide Hände in den Jackentaschen. Sie gehen Richtung Strand. Eva wünscht sich insgeheim, er würde ihre Hand halten.

Er nimmt ihre Hand und sagt: „Wenn schon, denn schon."

Eva fühlt sich schon viel wohler. Sie reden nicht viel. Auf der Brücke küssen sie sich nicht wie sonst. Es ist nicht mehr so schlimm, wenn er nur bei mir ist, denkt Eva. Sie gehen zurück. Er sagt:

„Die Karina hat sich ja heute richtig in Schale geschmissen."

„Ja, die weiß genau, was dir gefällt."

„Hahaha, du meinst was Männern gefällt."

„Nein, das war eindeutig für dich. Für Eddi ist sie ja uninteressant. Es kam ja auch gut bei dir an, hast ja den ganzen Abend mit ihr geflirtet. Wenn ein Mann sogar vom Heiraten spricht, das schmeichelt einer Frau wie Karina schon."

Heribert lacht.

„Dich hat ja wohl das Liebesfieber ganz schön gepackt."

Er steht ihr breitbeinig gegenüber und wiegt mit den Hüften. Eva schaut ihm in die Augen und sagt:

„Das mag schon sein. Aber meine Reaktion auf deine Art, mich eifersüchtig zu machen, ist genau das Gegenteil. Ich flirte grundsätzlich mit Niemandem, wenn ich eine Beziehung habe. Und auch nicht danach. Dann ziehe ich mich lieber zurück und habe erst recht keine Lust mehr."

Heribert zeigt sein Pokerfacegrinsen. „Ich werde mir das aber nicht nehmen lassen."

„Das ist mir klar."

Sie gehen weiter. Im Hotel sagt er: „Ich gehe dann auf mein Zimmer."

„Ja okay."

„Und wenn ich meine Jacke ausziehe und anschließend zu dir komme?"

„Wenn du willst."

„Okay, dann bis gleich."

Zwei Minuten später klopft er an Evas Tür.

Sie macht auf und sie küssen sich.

„Ich wollte noch baden, bevor ich ins Bett gehe. Dann kann ich besser schlafen", sagt Eva.

„Okay, dann wärme ich schon mal das Bett an", sagt er und springt aus der Jeans.

Nach dem Bad kuschelt Eva zu ihm unter die Decke. Sie küssen und streicheln sich. Es ist schön, sich ganz nah zu spüren.

Er verwöhnt Eva mit Liebkosungen, küsst sie und dreht ihr dann den Rücken zu. Sie umarmt ihn von hinten.

„Kannst mich ruhig fester anfassen", sagt er und schläft ein. Eva versucht auch, einzuschlafen. Nach einer Weile steht er auf, zieht sich an und gibt Eva ein Küsschen.

„Gute Nacht, schlaf` schön."

Es war okay für sie. Offensichtlich können sie beide besser allein einschlafen, weil sie es einfach gewohnt sind.

Oh, der Wecker hat nicht geklingelt. Es ist schon nach sieben. Offensichtlich ist der Akku vom Smartphone wieder leer. Eva beeilt sich und trifft Heribert, Eddi und Karina beim Frühstück.

Danach machen alle vier einen langen Spaziergang. Dabei behandelt Heribert Eva wie Luft. Kein Küsschen, kein Händchen halten. Wie beim Frühstück unterhält er sich die ganze Zeit nur mit Karina.

Eva ist enttäuscht, lässt sich aber nichts anmerken. Gegen Mittag kommen sie zurück. Heribert kauft noch Taschentücher. Er hat sich richtig erkältet. Das ist wohl die Strafe für seine Bosheit, denkt Eva.

Eddi fragt Eva: „Was machst du jetzt?"

„Ich gehe erst mal aufs Zimmer und schaue, ob die Sonne auf dem Balkon schon scheint", antwortet sie.

„Heribert und ich wollen gleich am Laptop arbeiten", sagt er.

„Okay bis später."

Heribert sagt nichts, grinst Eva nur an.

Auf Evas Balkon ist noch keine Sonne. Also setzt sie sich auf eine Bank vor dem Hoteleingang und schreibt eine Stunde. Dann geht sie wieder aufs Zimmer und genießt die Sonne auf dem Balkon.

Von weitem tönt laute Musik, wahrscheinlich von der Medina. Ruhe wäre mir jetzt lieber, gibt's hier aber nicht, denkt Eva.

Sie entschließt sich zu einem letzten Spaziergang am Strand entlang mit dem Füßen im Wasser. Die Ruhe und das Plätschern der Wellen tun ihr gut.

Es sind nur wenig Menschen am Strand unterwegs. Zum Baden ist das Mittelmeer hier im März noch zu kalt. Aber der lange Strand ist sehr schön zum Spazieren gehen. Eva genießt das Wellenrauschen und die leise Musik aus der Ferne. Hier kann sie ihre Gedanken schweifen lassen und entspannen. Sie macht ein paar letzte Fotos und kauft auf dem Rückweg ein Badehandtuch mit tunesischen Motiven für zehn Dinar zum Andenken.

Im Hotel nimmt sie ein Bad in der Wanne und geht frisch und entspannt zum Abendessen. Heribert, Eddi und Karina sind schon beim Nachtisch. Heribert sagt: „Wir haben dich schon vermisst "

Eva antwortet ungläubig: „Ach nein."

127

„Doch", sagt er, „Karina hat auch schon nach dir gefragt."

Karina nickt und erzählt wieder und wieder ihre Geschichte von der Gesetzesänderung ihrer Zusatzrente, um die sie kämpft. Eddi wendet sich mit dem Gesichtsausdruck „hoffentlich ist sie bald fertig" ab und sagt ihr dann geduldig zum wiederholten Male, dass dies eine juristische Sache sei. Eva sagt genervt:

„Ich verstehe nicht, dass du dir so einen Stress machst. Ich würde die ganze Sache einem Anwalt in Auftrag geben."

Dann fragt sie Heribert: „Gehst du heute noch mal mit mir spazieren? Es ist unser letzter Abend."

„Jaa, ich habe ja ein Date."

„Wo?"

„Ja, mit Karina. Wann machen wir das?"

Fragend schaut er Karina an.

Sie antwortet genervt: „Ist mir egal, heute oder morgen."

Eddi muntert Heribert auf.

„Das könnt ihr doch später machen. Geh noch mal spazieren, ist doch euer letzter Abend."

Heribert sieht Eva unschlüssig an und fordert Karina auf:

„Ja, sag was."

„Wie gesagt, du kannst kommen, wann du willst. Ich bin auf meinem Zimmer. Du kannst ja an die Tür klopfen", antwortet sie gereizt.

Eddi sagt: „Das könnt ihr doch auch morgen machen."

„Ja, morgen ist ja unser Galadinner", sagt Heribert.

Eddi hatte aufgrund seiner Beschwerde eine Einladung für sich und seine Freunde zum Galadinner bekommen. Er sagt:

„Das Galadinner ist um die gleiche Zeit wie jedes Abendessen. Da sind wir spätestens gegen neun Uhr fertig.

„Ja, wir können das auch morgen machen, wie du willst", sagt Karina und richtet einen bösen Blick auf Eva.

„Morgen um elf könnt ihr euch zum Winken aufstellen. Dann reise ich ab", sagt Eva.

„Aber nicht abends um elf Uhr?" fragt Karina.

„Nein morgens nach dem Frühstück", sagt Eva und fragt Heribert: „Gehen wir?"

Heribert steht auf.

„Schönen Abend noch", sagt Eva und geht mit Heribert.

Eddi antwortet wohlwollend: „Euch auch."

Sie ziehen ihre Jacken an und gehen aus dem Hotel. Heribert nimmt Evas Hand. Sie gehen an der menschenleeren Strandpromenade entlang und küssen sich immer wieder.

"Schau mal, wie schön das Wasser im Mondlicht glitzert. Das müsste man direkt fotografieren", sagt Heribert.

„Ja, leider habe ich mein Smartphone jetzt nicht dabei".

Es ist Vollmond, ein schöner milder Abend. Heribert bleibt breitbeinig vor Eva stehen, wiegt mit den Hüften und zeigt sein Pokerfacegrinsen.

„So ein Kuss bei Mondschein, das hat was", sagt er.

„Ja, das ist etwas ganz Besonderes, was man lange in Erinnerung behält."

Er nimmt ihre Hand und geht mit ihr in die leerstehende Strandbar. „Komm wir gehen da rüber, da ist es nicht so windig", sagt er.

Sie küssen sich leidenschaftlich.

„So wie mit dir habe ich mein ganzes Leben nicht geküsst", sagt er.

„Ich auch nicht. Es ist schon etwas ganz Besonderes mit dir. Lass uns doch die gemeinsame Zeit genießen, solange es schön ist."

Händchenhaltend gehen sie weiter.

„Jaa", sagt Heribert nachdenklich. „Wir leben ja in verschiedenen Welten. Ich mit meinen beiden Kindern alle vierzehn Tage, da passt keine vierte Person dazu. Meine Prinzessin ist es gewohnt, ihren Papa für sich allein zu haben. Da darf keine andere Frau dazwischen. Das hat es bei mir noch nie gegeben. Bei der Mama ist das ja anders. Die hat ja immer wieder Männergeschichten. Das sind die Kinder gewohnt, aber beim Papa kennen sie das nicht."

„Dann ist doch eine Fernbeziehung für dich ideal. Wie müsste denn die Frau sein, die dir gefällt?"

Er setzt sein Pokerfacegrinsen auf und sagt: „So zwischen vierzig und neunundfünfzig, steht auf eigenen Beinen und hat ihre Karriere schon durch.

Keine, die 30 Jahre vom Amt lebt und keine Witwe, die ein Abenteuer sucht."

„Ich bin weder das eine noch das andere. Und dass ich sechzig bin, das weißt du schon."

Heribert lacht. „War nur Spaß."

„Warum hast du dich denn mit dem fetten Käfer eingelassen?"

„Die Paula, das ist ja keine Beziehung. Die hat ja sowieso einen an der Klatsche. Mit der würde ich nie..., die habe ich auch nie geküsst, die ist nur meine Mieterin. Die würde zwar gerne mit mir zusammen sein, ich aber nicht mit ihr. Das wollte ich von Anfang an nicht."

„Wie hatte es denn mit euch angefangen?"

„Sie hat sich an mich ran gemacht und mich einfach geküsst. Da hatte ich sie einfach genommen, weil sie sich so wie auf dem Silbertablett präsentiert hat, so mit 'nem durchsichtigen Top ohne BH und guck mal, wie mir das steht. Na ja, da habe ich eben damit rumgespielt. Aber das ist vorbei, seit ich dich kenne."

„Ich plane meine Zukunft immer von Jahr zu Jahr. Was langfristig wird, da mache ich mir noch keinen Kopf. Ich genieße das Leben jetzt. Was die Zukunft bringt, kann man nicht wissen. Ich kann mir eine Fernbeziehung mit dir gut vorstellen und wünsche mir, dass wir uns in Hannover wieder sehen."

Er bleibt stehen. Sie küssen sich. Er lacht.

„Davon kannst du nicht genug kriegen."

„Ich muss den Akku aufladen, damit es reicht bis zum nächsten Treffen."

„Man müsste die Küsse einpacken können, um Vorrat mitnehmen zu können."

Sie küssen sich wieder und wieder.

Zurück im Hotel sagt Eva: „Die Karina hat mich heute beim Abendessen ganz böse angeschaut. Sie hatte sich heute extra für dich schick gemacht. Weil du mit ihr geflirtet hast, hat sie sich wohl schon Hoffnung gemacht, mich ablösen zu können."

„Ich habe doch nicht mit der geflirtet. Das war doch nur Spaß wegen der Behandlung. Die Entzündung in meiner Schulter ist ja schon besser geworden."

„Das hat die Karina aber anders verstanden, sonst hätte sie mir den letzten Abend mit dir gegönnt."

„Ich würde doch nie mit der Karina.... Nee! Die stinkt ja aus dem Mund wie ein Pferd aus dem Arsch!"

Beide lachen laut.

„Das gefällt dir wohl", sagt Heribert.

„Deine Witze kommen immer gut an. Ich kann sogar darüber lachen, wenn du sie wiederholst, wie zum Beispiel der Witz mit dem Fax, das aus dem Hintern kommt. Mit deiner Gestik ist das immer wieder total lustig."

Heribert begleitet Eva auf ihr Zimmer und verabschiedet sich mit einem langen intensiven Kuss. „Bis morgen."

Eva wacht auf und sieht den roten Himmel vor dem Sonnenaufgang. Sie hat sehr gut geschlafen wie lange nicht mehr und ist voller Energie. Nach ein paar Yoga-

Übungen zieht sie sich an und packt ihren Koffer. Dann geht sie um sieben Uhr zum Frühstück. Heribert und Eddi sind auch gerade gekommen. Eva setzt sich neben Heribert, der sie erwartungsvoll angrinst. Eva gibt ihm einen flüchtigen Kuss auf den Mund. Eddi schmunzelt wohlwollend. Sie genießen das letzte gemeinsame Frühstück. Nach einer halben Stunde fragt Eva: „Was ist mit Karina?"

Eddi zuckt mit den Schultern und sagt: „Keine Ahnung, ich habe sie heute noch nicht gesehen."

„Na ja, dann wird sie wohl heute um elf Uhr nicht zum Winken kommen, vermute ich."

„Ich glaube auch nicht", sagt Eddi und fügt hinzu:

„Ich werde mich wohl auch zukünftig etwas mehr von ihr zurückziehen. Sie ist schon sehr anstrengend mit ihrem lauten ständigen Reden."

„Ich habe hier extra die Seife aus meinem Zimmer für sie mitgebracht, weil sie sagte, sie hat keine mehr. Da ist ein besonderes Extrakt drin enthalten. Ich weiß nicht, was das ist", sagt Eva und wendet sich an Heribert.

„Willst du ihr das geben? Vielleicht hat es ja auch eine Heilwirkung."

„Ja, kann ich machen. Ich habe ja heute Abend noch eine Behandlung bei ihr", antwortet Heribert.

„Gut, mein Koffer ist so gut wie gepackt. Wollen wir noch eine kleine Runde spazieren gehen?"

„Ja, machen wir", sagt Heribert, steht auf und nimmt Evas Hand.

„Bis gleich", sagen beide zu Eddi und gehen.

Er antwortet: „Ja, ich komme dann um elf Uhr. Ich will mich ja auch noch von dem Stefan verabschieden. Der reist heute auch ab."

„Die Karina ist jetzt wohl beleidigt, weil du gestern Abend mit mir spazieren gegangen bist, anstatt bei ihr zu klopfen. Wahrscheinlich hat sie den ganzen Abend auf dich gewartet."

Heribert antwortet: „Wir haben doch gesagt, das machen wir heute Abend."

„Ja das stimmt, obwohl sie betonte, heute oder morgen."

Händchenhaltend schlendern beide noch mal am Yachthafen vorbei und küssen sich auf ihrer Brücke.

„Ich freue mich jetzt schon auf unser Wiedersehen", sagt Eva.

„Ich auch", antwortet Heribert.

Sie küssen sich immer wieder.

„Die kleinen Küsse zwischendurch sind auch schön. Ist dir schon aufgefallen, dass wir die einzigen sind, die sich hier in der Öffentlichkeit küssen?"

Eva antwortet: „Ja, das mag sein, aber es sind ja auch nicht viele Paare hier unterwegs."

Zurück auf dem Zimmer, haben sie fast noch zwei Stunden Zeit. Sie küssen sich leidenschaftlich. Heribert schaut Eva tief in die Augen und sagt: „Du siehst ja wieder heiß aus in dem engen Shirt."

„Ist doch alles verdeckt, nicht wie bei Karina, die ihre halbnackten Brüste zeigt. Das hat dir doch sicher gefallen gestern Abend beim Essen."

„Die kann so viel zeigen wie sie will. Da würde ich nie.... Nee!"

Heribert verdreht den Kopf, um sein lang gedehntes Nee zu unterstreichen. Er fasst Eva an die Brüste.

„Da sieht man ja die Nippel durch", sagt er und zieht ihr Shirt hoch. Dann betrachtet er ihren grünen Spitzen-BH mit Begeisterung:

„Den habe ich ja noch gar nicht gesehen."

„Du hast noch vieles nicht gesehen", sagt Eva, zieht ihre Schuhe und die Jeans aus und legt sich aufs Bett.

„Komm, wir haben noch über eine Stunde Zeit."

Heribert lässt sich nicht lange bitten, zieht seine Jeans aus, legt sich dazu und betrachtet ihr Spitzenhöschen.

„Das sind ja schöne Sachen, das habe ich ja auch noch nicht gesehen."

„Ich trage nur Spitzenwäsche, habe nichts anderes."

„Wirklich?"

„Klar, nur das Beste für meinen Körper, was denn sonst?"

Sie kuscheln die letzte Stunde vor Evas Abreise. Heribert verwöhnt Eva mit zärtlichen Liebkosungen.

Um elf Uhr warten sie vor dem Hoteleingang auf den Flughafen-Bus. Eddi ist auch gekommen, um zu winken. Karina hat sich nicht mehr sehen lassen. Heribert und Eva sitzen auf der Bank in der Sonne und machen ein letztes Erinnerungsfoto mit dem Smartphone.

Eddi verabschiedet sich auch von Stefan. Der weißhaarige Mann, der angeblich Karina angebaggert

135

haben soll, fährt mit Eva im Bus zum Flughafen. Er fliegt zehn Minuten später als Eva nach Leipzig. Vom Bus aus winken sie Heribert und Eddi zu. Heribert sendet Küsschen mit den Händen zum Abschied.

14.

Am Ostersonntag schreibt Eva eine Mail an Heribert.
FRÖHLICHE OSTERFEIERTAGE!
Das Leben ist eine Chance, nutze sie.
Das Leben ist schön, bewundere es.
Das Leben ist ein Traum, verwirkliche ihn.
Das Leben ist eine Herausforderung, nimm sie an.
Das Leben ist kostbar, geh sorgsam damit um.
Das Leben ist Reichtum, bewahre ihn.
Das Leben ist ein Rätsel, löse es.
Das Leben ist ein Lied, singe es.
Das Leben ist ein Abenteuer, wage es.
Das Leben ist Liebe, lebe sie.
(Mutter Theresa)
PS: Ich freue mich schon, dich bald wieder zu sehen!
Deine Eva

Am Ostermontag ruft Heribert an.
„Hallo Eva. Die Paula hat diesmal beim Pendeln vollkommen daneben gelegen. Sie hat gesagt, es wäre nichts passiert. Sie dachte, ich wäre anständig

geblieben. Obwohl ich ihr die Wahrheit gesagt habe, dass ich geküsst habe wie noch nie im Leben."

„Warum hast du ihr das erzählt?"

„Sie wollte das wissen. Ich bin eben ehrlich."

„Du und deine Pendelpaula", sagt Eva und wechselt das Thema.

„Wie war denn der letzte Abend in Tunesien?"

„Wir hatten am Freitagabend ein Galadinner in der Bar mit mexikanischem Essen bekommen."

„Hast du Karina die Seife von mir gegeben?"

„Ja, sie war am letzten Abend bei mir auf dem Zimmer und hat mich behandelt. Aber das hat nicht viel geholfen. Sie war sauer, weil du angeblich gesagt hast, sie wäre eine Hexe."

„Blödsinn, das habe ich vielleicht gedacht, aber nicht gesagt. Das ist nicht meine Art."

„Ich habe inzwischen auch Post bekommen von der Jürgen Höller Akademie. Gehst du davon, dass wir uns in Hannover treffen?"

„Was für eine Frage. Ja sicher, auf jeden Fall."

Heribert lacht. „Hahaha. Bist du jetzt auch erkältet?"

„Ja, aber das war es mir wert. Du bist ja auch noch erkältet."

„Ja, jetzt sind wir beide am Husten. Aber du wolltest ja unbedingt küssen. Das hast du nun davon. Hahaha."

„Das ist schon okay, war doch unsere letzte Gelegenheit."

„Ja, es war doch schön mit dir", sagt Heribert.

Nachdem Heribert mehrmals versuchte, Eva zu erreichen, schreibt Eva am Donnerstagabend eine Mail.

Hallo mein Freund, schade, schade... ich hab deinen Anruf verpasst. Ich war beim Chor. Wir haben „Besame mucho" (youtube-link) gesungen. LG Eva

Am Freitagmorgen um acht Uhr antwortet Heribert.

Hallo Eva, von „Besame mucho" kannst du wirklich ein Liedchen singen. Zumindest hat sich bei dir ein Wunsch erfüllt, wovon andere noch träumen. Bisou, mon amour, Bert

Am Samstag schreibt Eva:

Lieber Heribert, welchen Wunsch meinst du?

Dass du mir begegnet bist, ist ein Geschenk des (7.) Himmels.

Ich habe viele Wünsche und Träume. Das Lied „Besame mucho" hab ich ständig im Kopf und denke dabei an dich. Ich wünsche dir ein wunderschönes Wochenende mit deinen Kindern.

noch 19 Tage..... Bisou, mon amour, Eva

Am Sonntagabend antwortet Heribert:

Hallo meine Liebe, den Wunsch vom vielen Küssen meinte ich.

Wir kommen soeben vom Camping und haben das Wochenende dort verbracht. Habe dann noch die Fahrräder der Kinder bei der Mutter repariert und jetzt wird gefuttert.

Ich war übrigens zum Röntgen und Ultraschall und habe erhebliche Verkalkungen innerhalb der Sehnen. Mit etwas

Glück können die auch wieder verschwinden. Ab morgen gibt's wieder Kine-Behandlung.

Un gros bisou ma chère et bonne soirée (Ein großer Kuss mein Schatz und einen schönen Abend). Bert

15.

Am Montagabend ruft Heribert an.

„Hallo meine Liebe, ich habe eine Überraschung für dich. Die Paula zieht aus."

„Waas?"

„Ja, ich habe sie rausgeschmissen. Sie kam wieder an wegen ihrem Wasser. Da hat sie einen Typen, mit dem ich nichts zu tun habe, extra kommen lassen. Der hat ihr das Wasser eingestellt und hat für die zwei Minuten fünfundzwanzig Euro verlangt. Ich habe ihr das Geld auf den Tisch gelegt. Da kam sie wieder mit den ollen Kamellen an: Jaa, ich war gerade eingezogen, da hast du mir schon das Wassergeld angehoben und so weiter und so fort. Das ist jetzt fünf Jahre her. Seitdem hat sie keine Mieterhöhung gekriegt. Ich habe sie richtig angebrüllt und gesagt, mir reicht das jetzt, such dir eine andere Wohnung. Jaa, da sagte sie, sie hätte schon eine Wohnung in Aussicht und kann sofort ausziehen. Also zieht sie zum Monatsende aus."

Eva kann es nicht glauben.

„Unglaublich. Was machst du denn, wenn sie es sich anders überlegt und doch bei dir bleiben will?"

139

„Dann schreibst du für Sie die Kündigung. Hahaha."

„Ja, das ist kein Problem für mich. Was soll ich als Grund angeben?"

„Kannst dir was ausdenken. Hahaha."

„Na gut, dann wäre das Thema Paula ja abgeschlossen. Hast du das Wochenende mit deinen Kindern genossen?"

„Ja, die brauchte ich nicht lange fragen, ob sie zum Campingplatz wollten ohne Fernsehen. Die waren ganz begeistert."

„Ja, ich habe auch das schöne Wetter genossen und mein Rad aus dem Keller geholt."

„Wie viel Gänge hat dein Rad?"

„Keine, es ist ein altes Rad. Mir wurden ja schon fünf Räder gestohlen, drei davon waren nagelneu, die hatte ich nur ein paar Wochen. Deshalb fahre ich nur noch Gebrauchte, die sonst keiner haben will."

„Achso. Ja, und dann habe ich noch rum gezockt, aber mit richtigem Geld."

„Du meinst das Trading, was du mit dem Eddi in Tunesien gemacht hattest?"

„Ja, aber da hatten wir nur die Demoversion."

„Und? Wie ist es gelaufen?"

„Ja, 300 Euro habe ich verloren und dann wieder aufgeholt, und 50 Euro hab ich gewonnen."

„Das ist ja interessant. Das kannst du mir ja mal zeigen."

„Ja."

„Und dann möchte ich noch ein wenig mehr Französisch lernen."

„Je t' aime, mon amour, ich liebe dich."

„Je t'aime, mon amour, ich liebe dich auch."

„Jaa, morgen sind es nur noch 16 Tage."

„Ja, ich freue mich schon auf Hannover."

„Ja, und danke für die Bilder, ich melde mich wieder.

Bisou, mon Cheri."

Fünf Minuten später ruft Heribert noch mal an.

„Hallo meine Liebe. Sag mal, kannst du hellsehen?"

„Wieso?"

„Ja, ich hatte gerade aufgelegt, da rief die Paula an und sagt, sie bleibt doch. Ja nein, sagt sie, sie war nur schauen, und das wäre doch nicht das Richtige für Sie."

„Ohje."

„Ja, jetzt musst du wohl doch die Kündigung schreiben, hahaha."

„Na ja, dann werde ich die Paula vielleicht doch noch kennenlernen, wenn ich dich im Sommer besuche."

„Na, hoffentlich zieht sie vorher aus."

„Die Paula, das unendliche Thema. Dagegen ist die Karina ja nix."

„Die sowieso nicht."

„Du hast aber heftig mit ihr geflirtet."

„Das war doch nur Spaß."

„Ihr hat es aber gefallen. Und du hast mir ja in Tunesien gesagt, das Flirten und nach den Mädels schauen lässt du dir nicht nehmen."

„Nee, das habe ich nie gesagt!"

141

„Das habe ich aber so verstanden."

„Nee, so habe ich das bestimmt nicht gesagt."

„Na ja, in Tunesien hast du mit ihr geflirtet, um mich zu ärgern. In Ägypten hast du gar nicht geflirtet, nicht mal mit mir."

„Ja, wie hättest du denn reagiert, wenn ich dich direkt angemacht hätte? Du wärst doch gleich weggelaufen."

„Das kann schon sein."

„Mit dir ist das ja ganz was anderes. Da wollte ich ja nichts falsch machen. Das war mir von Anfang an ernst."

„Ja, das Gefühl hatte ich auch."

„Ja, bei dir habe ich das Gefühl, dass du zu mir stehst. Der Eddi hat das auch gesagt."

„Was hat der Eddi gesagt?"

„Der hat gesagt, die Eva steht zu dir."

„Ach so, dann habt ihr über mich gesprochen."

„Ja, Mon Cheri. Bisou, Bonne Nuit."

Am Freitagabend ruft Heribert wieder an.

„Hallo meine Liebe, ich habe Entzugserscheinungen."

„Oh. Und wie geht's dir sonst?"

„Jaa, ich hatte zwei Rückenmassagen bekommen."

„Und geht's dir jetzt besser?"

„Nee. Ich musste zwei Wasserboiler auswechseln. Und ich habe mich elendig verzockt, hab fünftausend Euro verloren."

„Waas?"

„Ja, als ich gezockt hatte, war ich genau auf der Zahl 777 Euro. Und dann ging es abwärts, bis ich fünftausend Euro verloren habe.

„Oh. Und das war mit echtem Geld?"

„Ja, jetzt brauche ich noch 30.000 Euro, die leihe ich mir von dir. Hahaha. Wozu hat man Freunde? Am Montag fahre ich nach Monschau und schau mir ein Haus an.

Die Kinder haben Fußball gespielt und den Ball in die Rur geschossen. Der ist dann abgetrieben. Ich bin mit dem Mountainbike losgefahren, den Ball holen. Ich war bis zum Bauch im Wasser, das war ganz schön kalt. Mit dem Ball unterm Shirt bin ich dann zurück gefahren. Die Wanderer haben gelacht. Hahaha."

Am Sonntagmorgen wacht Eva auf und schreibt ihren Traum sofort auf, damit sie ihn nicht vergisst.

„Ich irre in der Fremde herum, habe mich verlaufen in einer großen Hotelanlage. Zum Glück finde ich meinen Zimmerschlüssel mit der Nummer 777, weiß aber nicht, wo ich das Zimmer finde. Ich bin durch eine Krankenstation gelaufen, habe eine Rolle Pflaster aufgehoben, die auf dem Fußboden lag und habe es eingesteckt. Kann man ja vielleicht mal brauchen. Ich öffne eine Tür zu einem Treppenhaus, stehe vor dem Zimmer Nummer sieben und sehe einen Schatten vor dem Guckloch. Neugierig bleibe ich stehen. Die Tür geht auf und Heribert steht vor mir. Er sagt: „Da bist du ja endlich! Ich renn' hier schon dauernd gegen die Wand."

Dann bin ich aufgewacht.

Am Sonntagabend ruft Heribert an.

„Hallo meine Liebe. Da habe ich aber Glück, dass ich dich erreiche."

„Ja, wo soll ich denn sonst sein?"

„Ja, du bist ja doch viel unterwegs. Was hast du denn heute gemacht?"

„Ich habe eine kleine Radtour gemacht und gestern eine etwas größere zum Einfelder See. Dort wurde ein neues Café mit einem Shop eröffnet. Ich habe mit der Inhaberin gesprochen und meine Flyer abgegeben."

„Was bietest du denn, was andere nicht bieten?"

„Ich bin hier vor Ort die einzige mobile Reiseberaterin. Ich biete mehr als jedes Reisebüro, jederzeit Beratung, wann und wo der Kunde es wünscht."

„Steht das auf dem Flyer?"

„Ja natürlich."

„Dann schick mir mal so ein Flyer. Es gibt ja nur drei Dinge die zählen: Die, die Spaß machen, die Geld bringen, und beides."

„Okay, so sehe ich das auch. Was hast du heute gemacht?"

„Ich war auf dem Campingplatz und habe da eine Radtour mit dem Mountainbike gemacht.

Jetzt nehme ich dich mit auf den Speicher. Da scheint die Sonne rein. Hier ist es schön warm. Ich sitze auf dem Zweiersofa. Morgen wird wieder gezockt. Ich werde meine Strategie ändern. Ich habe einen neuen

144

Schlachtplan. Da werde ich mir das verlorene Geld wieder rein holen. Und das Haus, was ich mir in Monschau angucke, werde ich auf 50.000 Euro runter handeln. Da muss ja viel gemacht werden, da kann ich mich dann richtig auslassen."

„Ja, dann hast du ja viel zu tun im Sommer."

„Ja das sowieso. Ich muss mich ja auch um meine Mieter kümmern. Ich habe da so ein junges Mädel Mitte zwanzig, die hat zwar einen Freund, ruft aber wegen jeder Kleinigkeit an. Jetzt war ihr die Sicherung raus gesprungen. Da musste ich wieder stramm stehen. Dafür fragte sie, ob ich einen Kaffee möchte. Gestern hatte sie die Toilette verstopft, da hatte sie dreimal angerufen. Sie sollte das erst mal selber mit Rohrreiniger versuchen, aber das hat sie nicht hingekriegt. Da habe ich gesagt, ich mache das aber nicht umsonst, das kostet zwanzig Euro. Ja, da war sie einverstanden und ich habe die Toilette abgebaut und da kam die ganze Scheiße raus. Die hatte da vierlagiges Toilettenpapier und Feuchttücher rein gestopft. Die Scheiße musste sie aber selber weg machen."

„Oh nein! Das hätte aber kein Handwerker so billig gemacht."

„Ja, ich bin zu gutmütig."

„Vielleicht hast Du bei ihr bessere Chancen als bei Paula."

„Nie im Leben! Die ist fett und hässlich! Und ihr Freund ist ein Hungerhaken, auch ein Mieter, der sich mit Computer auskennt. Aber beide sind faul und leben von Sozialhilfe."

„Ist die noch fetter als Paula?"

„Nicht fetter, aber unförmiger."

„Na ja, vielleicht solltest du deine Mieter besser erziehen."

„Ja, ich habe die zu sehr verwöhnt. Die meinen, ich müsste wegen jedem Kleinkram stramm stehen."

„Hast du nächstes Wochenende wieder deine Kinder? Wohnen die weit entfernt?"

„Ja, die habe ich. Es ist zwar nur ein Kilometer entfernt, aber auf dem Berg. Ich wohne im Tal. Manchmal ist oben Schnee."

„Ja, dann wünsche ich dir viel Glück für morgen. Ich habe übrigens letzte Nacht von dir geträumt. Ich hatte mich verlaufen und plötzlich stand ich vor deiner Tür Nummer siebem. Du standst vor mir und sagtest, da bist du ja endlich."

„Ja, das glaube ich dir, dass du dich verlaufen hast. Jetzt sind es noch elf Tage..."

16.

Am Dienstag und Mittwoch hat Heribert vergeblich versucht, Eva zu erreichen.

Abends um sieben Uhr schreibt er eine Mail:

Du bist für mich wieder Mal unerreichbar, die Leitung ist einfach tot. LG Bert.

Dann versucht er es eine Stunde später nochmal und hat Glück.

Heribert wollte nur Evas Stimme hören. Dann erzählt er Belangloses von seinen Mietern, die dies und jenes Anliegen hatten oder einfach nur was zu erzählen hatten. Langweilig. Aber offensichtlich hat Heribert das Bedürfnis, den ganzen Mist loszuwerden. Geduldig hört Eva zwei Stunden zu, bis die Verbindung plötzlich weg ist.

Eva schreibt anschließend eine Mail:

Sorry, der Akku war leer. Schön, dass du es nochmal versucht hast. Hier kommt die Belohnung: (Link: Werbeaktion) LG Eva

PS: Ich habe einen Gutschein für eine Woche Hotelaufenthalt in Deutschland oder Österreich für zwei Personen.

Am Samstagabend hat Heribert Eva nicht erreicht und am Sonntagmittag spricht er auf ihren Anrufbeantworter:

„Ja, guten Morgen, Frau Himmel. Privatdetektei Schlingel hier. Wir wurden von Herrn Bock beauftragt, Sie zu bespitzeln. Offenbar liegt da was vor. Wir behalten Sie im Auge."

Abends ruft Heribert wieder an. Er hatte am Wochenende seine Kinder bei sich und erzählt, was sie gemacht haben. Sie spielten Fußball im Park und waren im Schwimmbad. Dort hat Heribert Bekannte getroffen und sich im Dampfbad über die Tunesien-Reise unterhalten.

Am Dienstagabend ruft Heribert an und bespricht mit Eva das bevorstehende Treffen in der Nähe von Hannover. Heribert kommt mit der Bahn nach Neustadt am Rübenberge. Dort holt Eva ihn mit ihrem Auto ab. Dann fahren sie zum Strandhotel Weißer Berg am Steinhuder Meer, wo sie fünf Tage von Donnerstag bis Montag ein Doppelzimmer gebucht haben.

Zum Wochenend-Seminar in Hannover können sie dann je nach Verbindung mit der Bahn oder mit dem Auto fahren.

Beide sind sehr aufgeregt, weil sie bisher noch nie eine Nacht gemeinsam verbracht haben.

17.

Am Donnerstag früh fährt Eva mit ihrem Ford Richtung Hannover zum Bahnhof in Neustadt. Dort wird sie Heribert abholen und mit ihm fünf Tage am Steinhuder Meer im Strandhotel Weißer Berg verbringen. Und am Wochenende Samstag und Sonntag wollen sie die Powerdays mit Jürgen Höller in der Swiss Life Hall besuchen.

Eva hat sich wieder einmal kurz vor dem Ziel verfahren. Nach zwanzig Kilometer Umweg und drei Mal nach dem Weg fragen kommt sie mit einigen Minuten Verspätung am Bahnhof an und sieht Heribert suchend auf dem Bahnhofsvorplatz.

Sie hupt nur kurz, denn sie steht im Parkverbot und will dort nicht aussteigen. Er entdeckt sie und kommt ihr entgegen. Sie steigt aus. Sie umarmen sich kurz. Heribert geht um das Auto und bringt seine Verwunderung zum Ausdruck.

„Ich hätte ja gar nicht gedacht, dass du so ein tolles Auto hast. Ich habe eher mit einer alten Rostbeule gerechnet. Das ist ja sogar ein Giha."

Diese Art Späße sind für Heribert normal. Er lässt sich von Eva zum Steinhuder Meer kutschieren. Sie halten an einem Parkplatz und setzen sich auf eine Bank. Dort trinken sie Tee aus der mitgebrachten Thermoskanne und essen dazu den selbstgebackenen Schokoladenkuchen. Sehr lecker. Das kommt bei Heribert gut an. Vom See aus haben sie ihr Hotel noch nicht entdeckt. Sie fahren noch mal die Moorstraße entlang, bis sie das Schild zum Strandhotel entdecken.

Es ist noch zu früh zum Einchecken. Sie setzen sich draußen in die Sonne im Strandcafé des Hotels. Heribert schlägt vor: „Wollen wir so einen Salat essen?"

„Gute Idee, gerne", antwortet Eva.

Heribert geht und holt zwei Salate vom Thresen.

„Hier draußen ist Selbstbedienung. Bitteschön", sagt er und stellt die knackfrischen Salate auf den rustikalen Holztisch.

„Dankeschön. Was bekommst du dafür?"

„Lass mal."

„Aber das Frühstück gebe ich aus."

„Der Salat schmeckt richtig gut", sagt Heribert.

Dann checken sie ein und bestellen für den nächsten Morgen Frühstück. Ein junger spanischer Praktikant führt sie zum Zimmer Nummer zehn. Dort ziehen sie die Schuhe aus und legen sich aufs Bett. Sie küssen sich leidenschaftlich. Heribert legt Hand an, wie er das nennt und will mehr. Eva schlägt vor:

„Wollen wir erst mal duschen?"

„Gute Idee", sagt er und zieht sich aus.

„Das ist ja mal eine schöne Dusche, da ist ja Platz für zwei."

Und schon rauscht das Wasser. Heribert ruft:

„Wo bleibst du denn? Ich warte auf dich!"

Sie duschen zusammen. Anschließend legt Eva sich im Bett auf den Bauch und sagt: „Jetzt möchte ich gerne eine schöne Massage."

„Das mache ich gerne", sagt Heribert und macht sich mit dem Massageöl, das Eva auf den Nachttisch gestellt hatte, an die Arbeit.

Zuerst massiert er den Rücken, dann den Po, die Beine und die Füße. „Umdrehen", sagt er und massiert die Brüste, wo er sich besonders lange dran aufhält, die Arme, die Beine und die Füße. Plötzlich fängt Heribert laut an zu lachen.

„Hahaha. Weißt du, was die Paula erzählt hat? Sie war bei ihrem Frauenarzt und der hatte ihr gesagt, bei ihr wäre ja noch alles schön bei einander. Und nach der

Behandlung war er bei seiner Frau, die da arbeitet, vorbeigegangen und sie hat ihn gefragt, wohin er will. Da hat er gesagt, er muss mal an die frische Luft ums Haus. Da habe ich zu Paula gesagt, der hat sich da hinterm Haus bestimmt einen runtergeholt. Hahaha."

Eva ist schockiert. Sie richtet sich auf und schimpft:

„Wie kannst du nur von Paula reden, wenn du mit mir rum machst. Das geht ja gar nicht. Das ist voll daneben!"

„Das ist mir gerade eingefallen und ich finde das so witzig."

„Ich finde das überhaupt nicht witzig, ich erwarte die volle Aufmerksamkeit, wie sich das gehört. Außerdem hat die Paula die Geschichte frei erfunden, weil es solche Frauenärzte gar nicht gibt. Die würden die Praxis verlieren, wenn sie mit ihren Patientinnen so umgehen würden. So ein Schwachsinn können sich auch nur Frauen ausdenken, die noch nie Komplimente bekommen haben. Oder hast du ihr schon Mal was Nettes gesagt?"

„Nö, nur dass ihre Pfannkuchen lecker schmecken. Die ist doch viel zu doof, was zu erfinden."

„Dir wird sie wohl noch mehr ausgedachte Sachen erzählt haben, die ihren sexuellen Wunschträumen entsprechen. Und du bist so blöd und glaubst das. Mir ist jetzt jegliche Lust vergangen!"

„Oh, jetzt ist die Schatzkiste geschlossen. Wollen wir noch spazieren gehen?"

„Okay."

Sie ziehen sich an und gehen bis zum Sonnenuntergang am See spazieren. Der rote Himmel spiegelt sich auf dem See. Das Wasser hat die rote Farbe angenommen. Eva macht ein paar Fotos.

„Willst du noch was essen?" fragt Heribert.

„Nicht unbedingt ich richte mich nach dir."

Heribert knabbert ein Knäckebrot. Dann wird er schnell müde und fängt an zu schnarchen.

Eva liegt noch lange wach. Natürlich hatte sie sich die erste gemeinsame Nacht ganz anders vorgestellt.

Evas Wecker klingelt um sieben Uhr. Sie streckt sich und macht einige Yoga Übungen. Heribert macht mit.

Sie genießen ein schönes Frühstück. Das Buffet ist reichhaltig und der Frühstücksraum schön gemütlich rustikal eingerichtet.

Dann fahren sie zum Bahnhof, um die Fahrzeiten fürs Wochenende zu checken. Vor dem Bahnhof parken sie bei Lidl und kaufen etwas Obst. Zurück beim Hotel packt Heribert seinen Rucksack mit Proviant. Sie machen eine große Wanderung am See entlang. Sechs Stunden sind sie unterwegs. Zwischendurch stärken sie sich mit Müsliriegel, Bananen, Äpfel und Wasser.

Bei der Wanderung hatten sie viel dummes Zeug geredet und gelacht. Heribert erzählt viel von seinem bekloppten Mietern. Und von Paula, seiner Lieblingsmieterin. Paula ist natürlich stolz, mit ihrem Vermieter zusammen zu sein. Sie erzählt es allen weiblichen MieterInnen. Und den Männern gegenüber sagt sie, sie wäre Single. Heribert ärgert sich darüber und behauptet, keine Beziehung mit ihr zu haben. Er habe sich nur hin und wieder von ihr verführen lassen. Dann tänzelte sie vor ihm hin und her, zeigte ihre dicken Brüste, bis er Hand anlegte, erzählt er.

„Warum sollte ich nicht damit spielen, wenn mir die Früchte auf dem Silbertablett präsentiert werden. Aber seit ich dich kenne ist das ja vorbei", sagt er.

Eva bezweifelt, dass er mit Paula wirklich Schluss gemacht hat. Wie auch immer. Paula ist seine Mieterin und läuft ihm ständig über den Weg. So ist ein Vergessen unmöglich. Kein Wunder, dass er ständig von ihr erzählt. Auf Evas Frage, was er Paula über sie erzählt hat, antwortet er:

„Dass du ein Freudenmädchen bist und es mir so richtig besorgst, hahaha."

„Was redest du für ein Blödsinn."

„Hahaha, was anderes versteht die nicht."

Eva denkt sich auch eine Geschichte aus und sagt:

„Ich habe Freunden erzählt, du bist Hausmeister."

„Waas?"

„Ja, das sind doch alles Hausmeistertätigkeiten, was du da machst. Und ob die Häuser wirklich dir gehören, weiß ich ja nicht. Vielleicht bist du ja ein Heiratsschwindler, ein armes Würstchen, so geizig, wie du manchmal bist."

Heribert ist nun auch schockiert und weiß nicht mehr, ob es Spaß ist.

Er fragt: „Wie viel Kredit würdest du denn von deiner Bank bekommen?"

„Wieso? Willst du Geld von mir haben?"

„Ja, du verschenkst doch auch Geld an deinen Sohn, da kannst du mir ja auch 20.000 Euro leihen, damit ich das alte Haus kaufen kann. Ohne Vertrag und ohne Rückgabe, so wie das bei dir üblich ist."

„Du gehörst ja nicht zu meiner Familie."

Er lacht.

„Dann heiraten wir eben."

„Da müsste ich dich erst meinem Sohn vorstellen und wenn der sagt, nee Mama, mach das bitte nicht, dann hast du schlechte Karten."

„Ja ja, dein Sohn, lässt dir auch noch von ihm vorschreiben, mit wem du zusammen sein darfst."

„Mein Sohn wird immer ein Teil von mir bleiben. Und es ist doch klar, dass mir seine Meinung wichtig ist. In zehn Jahren wird deine Tochter mit ihrem Freund rumlaufen. Wie reagierst du dann?"

„Den werde ich in die Wüste schicken."

Beide lachen herzlich. Und Heribert greift wieder nach Evas Hand. Dann erzählt er noch, dass er offiziell Rentner ist.

„Rentner mit vierundfünfzig Jahren? Wie geht das denn?"

Ja das sei wegen seinen Krankheiten nach dem Unfall und dem Burnout bei der Arbeit, als er sich von der Mutter seiner Kinder getrennt hatte. Da wurde ihm der Ausstieg aus dem Arbeitsleben angeboten und er hat ohne zu zögern ja gesagt. Er bekommt sechzehnhundert Euro Rente monatlich und braucht keine Steuern zahlen. So kann er sich um seine Mieter kümmern und sein Geld vermehren. Und eines Tages ist er Millionär, sagt er.

Immer wieder betont er, dass er nicht bereit ist, Geld zu verschwenden. Dann verhandelt er knallhart. Ein gutsituierter Mieter war verstorben und hatte noch fünf Monatsmieten zu zahlen. Als der Nachlassverwalter Heribert monatelang hingehalten hatte, ging Heribert einfach mit dem Zweitschlüssel in die Wohnung und hat ganz gezielt nach Geld gesucht. Dabei hatte er tausend Euro im Kleiderschrank gefunden und behalten.

Aber in manchen Dingen ist er sehr großzügig und gewährt seinen Mietern Teilzahlung, Barzahlung oder verrechnet die Miete mit Gegenständen wie Fernseher oder Waschmaschine.

Eva hört ihm schon viele Stunden zu, wenn er von seinen Mietern erzählt, die überwiegend arbeitslos und dumme faule Sozialhilfeempfänger sind. In Belgien ist alles ganz einfach.

„Ja, das ist eben mein Klientel. Und ich habe lieber kleine Wohnungen als größere. Das bringt für mich mehr", sagt er.

Eva interessieren diese Geschichten nicht, aber es ist sein Leben. Wenn er sie nach ihrer Arbeit fragt, kritisiert er alles. Das würde doch alles nichts bringen, sagt er immer wieder. Dass Eva keine finanziellen Probleme hat, glaubt er nicht. Es war ein Fehler, zum zweiten Mal auf seine Fragen zu antworten und von ihren Reisen zu erzählen. Ob er neidisch ist? Eva versteht nicht, was ihn daran stört, dass sie von einer Weltreise träumt.

Zurück im Hotel sind sie froh, die Füße hochlegen zu können.

„Wollen wir gleich eine vegetarische Grillplatte essen?" fragt Heribert.

„Oh ja, können wir gerne machen, nach der langen Wanderung habe ich auch Hunger."

Unten im Café-Restaurant erfahren sie, dass es erst ab neunzehn Uhr Essen gibt. Sie müssen noch eine ganze Stunde warten. Heribert ist sauer und geht gleich wieder hoch aufs Zimmer.

„So lange kann ich nicht warten", sagt er und nimmt sich ein Knäckebrot.

Heribert erzählt von seinen Mietern und dass alles, was er macht, Hand und Fuß hat. Dass Eva dagegen ja nie auf einen grünen Zweig kommen würde, wenn sie so weitermache wie bisher. Mit den Reisen und so weiter, das würde ja alles nichts bringen... blablabla.

„Was soll das? Wieso fängst du jetzt wieder damit an? Wer weiß, vielleicht bist du ja doch nur ein armer Hausmeister und die Häuser gehören gar nicht dir."

„So mir reicht´s!"

Er zieht seine Schuhe und Jacke an und fragt:

„Wie machen wir das jetzt mit dem Schlüssel?"

„Wieso?"

„Ja, ich gehe jetzt und irgendwann komme ich ja zum Schlafen zurück."

Eva antwortet nicht. Er geht.

Eine halbe Stunde später geht Eva zum See, während er draußen im Restaurant sitzt und das Essen genießt.

Eva ist der Appetit vergangen. Ihr reicht es jetzt auch. Es ist wohl besser, wenn er zu seiner Paula zurückgeht. Eva setzt sich auf eine Bank am See und schreibt ihren Kummer von der Seele.

Bis zum Einbruch der Dunkelheit sitzt sie am See. Dann geht sie ins Hotelzimmer. Heribert schläft schon und schnarcht. Eva nimmt die Ohrstöpsel. Trotzdem hört sie auch das laute Stöhnen aus dem Nachbarzimmer. Alle anderen lieben sich, nur wir nicht, denkt sie liegt noch lange wach. Irgendwann fällt sie in einen unruhigen Schlaf.

Noch im Halbschlaf hört Eva morgens Heribert im Schlaf sprechen.

„Wo soll ich denn jetzt hin?"

Eva steht auf und geht unter die Dusche. Nach etwa fünfzehn Minuten im Bad sieht sie Heribert vollständig angezogen auf dem Bett sitzen.

 Sein Koffer ist gepackt. Eva sagt:

„Oh, du bist schon fertig. Du hast im Schlaf geredet. Paula, ich komme, hast du gesagt."

Er sagt nichts und geht ins Bad. Eva zieht sich an und bereitet sich auf das Seminar vor. Heribert kommt aus dem Bad. Eva fragt:

„Was hast du denn jetzt vor?"

„Ich fahre nach Hause", antwortet er.

„Ja, das dachte ich mir. Die Affäre ist vorbei. Paula wird sich freuen. Willst du mitfahren oder nimmst du dir ein Taxi?"

„Wenn du mich mitnimmst zum Bahnhof", antwortet er niedergeschlagen.

Eva spielt die Starke.

„Okay, aber nur, wenn du dich anständig benimmst", antwortet sie.

Auf dem Weg zum Bahnhof dreht Eva eine CD mit Rockmusik laut auf und gibt ordentlich Gas. Sie parkt auf dem Lidl Parkplatz, holt eine Flasche Wasser aus dem Kofferraum und bietet Heribert auch eine an.

„Willst du auch eine?"

Er steckt die Flasche wortlos in seinen Rucksack. Schweigend gehen sie zum Bahnhof. Das Bistro ist noch geschlossen.

„Eigentlich müsste es hier einen Fahrkartenautomaten geben", sagt Eva und findet ihn am Bahnsteig. Sie löst eine Fahrkarte nach Hannover zum Hauptbahnhof.

Heribert gibt Aachen ein. Die Fahrkarte kostet 55 Euro. Eva fragt:

„Willst du das jetzt zusätzlich ausgeben?"

Wortlos bezahlt er die Fahrkarte. Dann zeigt er Eva seine Seminar-Karte und fragt:

„Willst du die haben?"

„Was soll ich damit?"

Er schmeißt sie in den Papierkorb.

„Ich gehe mal schauen, ob es irgendwo einen Kaffee gibt", sagt Eva und geht aus dem Bahnhof.

Sie haben noch eine halbe Stunde Zeit, bis der Zug fährt. Eva schaut sich auf dem Vorplatz um, ob es irgendwo einen Kaffee gibt. Fehlanzeige. Sie geht noch mal zu Lidl und sieht, dass der Laden gerade um acht Uhr öffnet. Sie kauft zwei Croissants, Müsliriegel und zwei Äpfel. Zurück auf dem Bahnsteig setzt sie sich neben Heribert auf eine Bank. Er nimmt den gleichen Zug bis Hannover und fährt dann weiter.

„Möchtest du auch ein Croissant?"

„Nein danke."

Mehr reden sie nicht. Der Zug hat noch zehn Minuten Verspätung und fährt dann nur bis Wunstorf wegen einem Unfall auf der Strecke nach Hannover. Schweigend warten sie auf den Zug, steigen ein und fahren bis Wunstorf. Beim Umsteigen in die S-Bahn nach Hannover verlieren sie sich in der Menge. Vom Bahnhof Hannover aus geht Eva zu Fuß zur Swiss-Life-Hall, wo das Seminar stattfindet. Eigentlich würde sie sich lieber verkriechen und weinen, bis der Schmerz nachlässt. Ihre Gedanken überschlagen sich.

Wird das Motivations-Seminar mich wieder aufrichten? Werde ich es als einziger Trauerklos unter lauter fröhlichen Menschen aushalten? Geweint habe ich bereits im letzten Urlaub genug, als wir den ersten Krach hatten. Jetzt ist es genug. Ich liebe ihn nicht, ich hasse ihn nicht, er ist mir egal!

Aber warum kommen mir immer wieder die Tränen? Eine Liebe ist gestorben. Wie beerdigt man eine Liebe? Wie schließt man sie ab? Vorbei ist vorbei und kommt nie wieder. Ich will wieder frei sein! Wie lange muss ich den Schmerz noch aushalten? Ob er auch leidet? Er wird sich sicher mit

159

Arbeit ablenken oder sich vielleicht sogar von Paula trösten lassen.

Schließlich scheint es unmöglich zu sein für einen Mann, der über vier Jahre lang eine Beziehung mit einer schwachsinnigen Frau hatte, in einem Vierteljahr frei zu sein für eine neue Liebe.

Die ist so dumm, die weiß nicht einmal wie die Hauptstadt ihres Landes heißt und von anderen Hauptstädten Europas hat sie auch noch nie was gehört. Die hat ja auch nur mit Alkoholikern und Pennern gelebt, erzählte Heribert von ihr und behauptete immer wieder. 'Das war ja keine Beziehung das war nur Trieb. Geliebt habe ich die nie. Und die anderen, die es nach meiner Scheidung gab, auch nicht. Mit dir ist das was ganz anderes.'

Im Nachhinein halte ich es für unmöglich, das so ein Mann überhaupt fähig ist zu lieben. Ich glaube, dass er, nachdem er die erste gemeinsame Nacht mit mir vermasselt hatte, Angst vor der zweiten Nacht hatte und deshalb innerhalb einer knappen Stunde einen Streit anfing, um die Beziehung schnell zu beenden. Angeblich ist er seit über zwanzig Jahren Single und braucht auch keine Frau. Er kann sogar besser kochen als manche Frau. Er hatte nicht geplant, sich im Urlaub zu verlieben. Es hat sich so ergeben. Es war wohl eine spontane unüberlegte Entscheidung für ihn, sich um mich zu bemühen und dann nach dem Urlaub auch noch zu melden und den Kontakt zu vertiefen. Ob es besser gewesen wäre, wenn er sich gar nicht gemeldet hätte? Ja und Nein. Der Schmerz und die Enttäuschung wäre nur von kurzer Dauer gewesen. Aber ich hätte diese Erfahrung nicht gemacht. Ich habe wieder etwas dazugelernt und werde in

Zukunft Männer, die nicht beziehungsfähig sind, besser erkennen und mich nicht mehr drauf einlassen. Was macht eine gute Entscheidung aus? Dem Bauchgefühl oder dem Verstand vertrauen? Das soll mir jetzt egal sein. Ich liebe ihn nicht, ich hasse ihn nicht, er ist mir gleichgültig! Für mich ist diese Liebesgeschichte abgeschlossen. Ohne Happyend wie im wahren Leben. Fortsetzung folgt nicht!

Nach mehrmaligen Fragen und einigen Umwegen kommt Eva nach einer Stunde bei der Seminarhalle an. Es ist bereits zehn Uhr und die Veranstaltung hat mit dem Vorprogramm und den Ansagen begonnen. Eva wird herzlich begrüßt und gefragt.

„Wie geht es Ihnen?"

„Schlecht, es ist so viel passiert. Mein Freund wollte eigentlich mitkommen. Aber wir haben uns verkracht", antwortet sie spontan, obwohl sie nicht glaubt, dass es jemanden interessiert. Der junge Mann schaut sie freundlich an.

Eva wendet sich schnell ab und kämpft gegen die Tränen. Glücklicherweise ist es in der Halle nicht besonders hell, dass ihre feuchten Augen nicht auffallen.

Eine Mitarbeiterin führt Eva zu einem freien Platz. Der junge Mann neben ihr grüßt mit einem fröhlichen Hallo und erzählt, dass er total begeistert ist und schon das dritte Mal an den Powerdays teilnimmt.

Auf der Leinwand steht:

Damit das MÖGLICHE entsteht, muss
immer und immer wieder
das UNMÖGLICHE versucht werden.
HERMANN HESSE

Die Halle ist brechend voll mit tausenden von
motivierten Menschen. Eine attraktive Blondine steht
auf der Bühne und erzählt die Geschichte von den vier
Kerzen.

Der Adventskranz

Es ist Sonntagnachmittag, der 23. Dezember. Die
Menschen sitzen in ihren warmen Stuben, gemütlich bei
einem heißen Tee oder Kaffee. Draußen schneit es und überall
wird man in diesem Jahr weiße Weihnachten feiern können.

Im Wohnzimmer einer Familie brennen die vier Kerzen
des Adventskranzes. In diesem Hause war es in diesem Jahr
sehr still. So still, dass man hören konnte, wie sich die vier
Kerzen miteinander unterhielten. Es herrschte eine
melancholische, ja traurige Stimmung vor. Die eine Kerze
seufzte und sagte: »Mein Name ist Glaube. Ich leuchte für
den Glauben an Gott. Aber die meisten Menschen glauben
nicht mehr an ihn. Sie denken nur noch daran, was sie alles
besitzen können, und machen Gott für alles Negative, das in
der Welt passiert, verantwortlich. Sie wollen mich nicht
mehr.« Und mit einem letzten Aufflackern erlosch ihre
Flamme.

Die zweite Kerze flackerte ebenfalls und sprach zu den
anderen: »Mein Name ist Friede. Ich brenne für den Frieden
auf dieser Welt. Aber ich habe keine Kraft mehr, denn überall
auf der Welt gibt es immer wieder sinnlosen Krieg und

Terror, ja, sogar im Namen Gottes. So kann ich nicht mehr weiterleben.« Kaum hatte sie dies gesprochen, erlosch auch ihre Flamme.

Die dritte Kerze sagte nun leise und traurig: »Und mein Name ist Liebe. Auch ich habe keine Kraft mehr. Eigentlich sollen die Menschen auf dieser Welt als Hauptaufgabe ihres Lebens lernen, sich gegenseitig Liebe zu schenken und diese Liebe vom anderen auch wirklich anzunehmen. Aber die Menschen lieben sich nicht mehr. Und weil sie zu wenig Liebe bekommen, versuchen sie sich diese zu erkaufen; sie versuchen geliebt zu werden, indem sie besondere Leistungen erbringen; sie kaufen sich oft teure Dinge, um die Anerkennung ihrer Mitmenschen zu erringen - und verwechseln das mit der wahren Liebe.« Das Licht der Kerze der Liebe wurde schwächer und schwächer und schließlich erstarb es.

Das fünfjährige Kind der Familie kam in diesem Moment ins Zimmer und sah, dass nur noch eine Kerze brannte. Daraufhin fing das Kind an zu weinen: »Ihr sollt doch alle brennen. Ihr sollt uns doch Licht geben. Warum seid ihr aus?«

Daraufhin sagte die vierte und somit letzte Kerze zu dem Kind: »Hab keine Angst, ich brenne noch, und ich gebe nicht auf. Und solange ich noch so leidenschaftlich brenne, können wir alle anderen Kerzen neu entzünden.« Da strahlte das Kind über das ganze Gesicht und entzündete die anderen drei Kerzen von Neuem. So brannten alle vier Kerzen des Adventskranzes wieder in voller Kraft und Stärke.

»Wie heißt du eigentlich, liebe Kerze?«, fragte das Kind.
»Mein Name ist Hoffnung!«

Diese Geschichte ist für Eva nicht neu, aber immer wieder sehr rührend. Wieder kämpft sie gegen die Tränen an. In den letzten zehn Jahren hat sie nicht soviel geweint wie in den vergangenen sechs Wochen, seit sie sich in Heribert verliebt hat. War es Liebe? Und kann Liebe so schnell vorbei sein? Insgeheim hofft sie, dass es ein Wiedersehen gibt, irgendwann, wenn er frei für die Liebe ist. Vielleicht hat er zu viele Sorgen und Probleme zu bewältigen, dass die Last auf seinen Schultern zu erdrückend ist. Das führt zu Verbitterung. Geld hat er genug, sagt er immer wieder und meint, es würde ihm an nichts fehlen. Doch Geld allein macht nicht glücklich. Man könnte sogar meinen, es macht gierig, geizig und unglücklich. Wäre Heribert mit zum Seminar gekommen, würde es ihm möglicherweise helfen, damit besser umzugehen.

Bei den Powerdays fließt viel Energie. Es geht es um Persönlichkeitsentwicklung, Wissensmanagement und Motivation für alle, die anders denken, Querdenker, Individualisten, Spinner, Genies und Verrückte.

Die Moderatorin heizt die Stimmung im Saal an.

"Aus der Tatsache heraus, dass Sie sich für diese Powerdays anmeldeten, ihre Reise planten, ihre Kinder oder den Hund irgendwo unterbringen mussten, eine oder sogar zwei Übernachtungen in Kauf nehmen, weiß ich eines ganz klar und eindeutig: Sie haben bereits den ersten und wichtigsten Schritt auf dem Weg zu mehr Erfolg, innerer Zufriedenheit und Lebensglück gemacht und damit gehören Sie am Ende zu den zwanzig

Prozent der erfolgreichen Menschen, denn Sie haben gehandelt! Und genau dieses Handeln, dieses Tun, dieses in die Umsetzung kommen ist eine der wichtigsten Erfolgsregeln, die Sie in den Powerdays lernen werden. Ihre Entscheidung, an diesem Seminar teilzunehmen ist eine der klügsten Entscheidungen, die sie jemals getroffen haben. In Wahrheit könnte es für Sie so sein wie sechs Richtige im Lotto zu haben. Denn in diesen zwei Tagen gehen Sie endlich an die Ursache heran, was Erfolg oder Misserfolg, scheitern oder durchhalten, Glück oder Unglück ausmacht. Wie auch immer Sie den Weg zu den Powerdays gefunden haben, ob nun durch die Einladung eines lieben Freundes, die Empfehlung eines Arbeitskollegen, durch Zufall beim Surfen im Internet oder was auch immer. Ich verspreche Ihnen zwei Tage gefüllt mit neuen Erkenntnissen, Einsichten, Perspektiven und Erlebnissen ganz ungewöhnlicher Art und Weise. Sie werden wachsen, und zwar weit über sich hinaus!

Allerdings ist es notwendig, dass Sie als Teilnehmer ihren Teil dazu beitragen. Das bedeutet, dass Sie sich öffnen, dass Sie sich einbringen, dass Sie mitmachen. Beobachter haben noch nie etwas auf der Welt verändert - nur diejenigen, die handeln! Seien Sie deshalb in diesem Seminar auf der Seite der Handelnden, seien Sie offen - auch wenn manches, was Sie erleben, Sie zunächst überraschen wird. Seien Sie versichert: Alles hat seinen Sinn!

Sie werden in diesen zwei Tagen auch viel Spannung und Spaß erleben, denn das sind ebenso wichtige

Komponenten des Erfolgs. Deshalb lade ich Sie hiermit ein, mit viel Spaß die zweitägigen Powerdays zu starten.

Dieses Wochenende ist Ihr Wochenende. Es geht ausschließlich um Sie - und zwar nur um Sie! Sie stehen zu hundert Prozent im Mittelpunkt all unserer Bemühungen! Machen Sie sich also bereit, um zu lernen, um Spaß zu haben, ihr inneres Potential zu entdecken und zu befreien, um sich auf ein wesentlich höheres Level in ihrem Leben zu begeben!

Begrüßen Sie jetzt den unglaublichen Motivationscoach Jürgen Höller mit einem donnernden Applaus!"

Auf der Leinwand steht:

Der einzige Mut, den du benötigst, um erfolgreich zu sein, ist Glaube: An Gott und Dich selbst!

Mit rockiger Musik kommt Höller im schicken Anzug auf die Bühne, verbeugt sich mehrfach und bedankt sich. Das Publikum steht auf, jubelt und klatscht.

Jürgen Höller erzählt die Geschichte vom Adlerei im Hühnerstall. Der kleine Adler wusste nicht, dass er ein Adler ist und hat deshalb gar nicht erst versucht zu fliegen. Stattdessen hat er getan, was alle Hühner tun. Er blieb bei den Hühnern im Stall und war damit zufrieden. Auch diese Geschichte kennt Eva schon.

„Wer nicht aus seiner Komfortzone herauskommt und über den Tellerrand schaut, bleibt Gefangener in seinem Hamsterrad. Bis zum achtzehnten Lebensjahr hört jeder Mensch 150.000 negative Suggestionen. Danach weitere zweiundzwanzig negative Suggestionen jeden Tag.

Viele Menschen schöpfen ihr Potenzial nicht aus. Sie sind sich nicht bewusst, dass sie einzigartig, einmalig, individuell und großartig sind.

Jeder Mensch wird als Adler geboren! Der Reichtum liegt im Glauben! Mach das Mögliche möglich! Entfalte dein Potential!

An einem Seeufer sitzt ein Mann und versucht mit den bloßen Händen Fische zu fangen. Doch immer wieder flutschen ihm die Fische durch die Hände. Stunden später kommt ein Wanderer und sagt: He, guter Mann, soll ich dir zeigen, wie man ein Netz knüpft? Der Fischer blickt kaum auf und antwortet: Keine Zeit, ich muss ja Fische fangen.

Genau so verhalten sich viele erfolglose Menschen! Sie sind fleißig, arbeiten ohne Unterbrechung und glauben, keine Zeit für Weiterbildung zu haben!

Wissenschaftliche Skepsis bedeutet: Es erst einmal genau so durchzuführen wie vorgegeben, um dann zu sehen, ob das Endergebnis stimmt. Heute geht es darum: *"come out of the box"*. Wie in all meinen Büchern auch, verwende ich die Du-Ansprache. Zum einen, weil es sehr persönlich ist, zum anderen, weil Du so die Botschaft unbewusst besser aufnehmen und verwerten kannst. Und zum dritten möchte ich Dich gerne mit Du ansprechen, weil ich der festen Meinung bin, dass diejenigen Menschen, die meine Bücher lesen und meine Seminare besuchen, in ihrem Herzen Seelenverwandte von mir sind.

Die Einsteinsche Definition von Schwachsinn ist, jeden Tag das gleiche auf die gleiche Art zu machen und auf neue Ergebnisse zu hoffen!

Alles muss auf den Prüfstand! Bist du ein Bewerter oder ein Verwerter? Es sind nicht die Vernünftigen, die die Welt verändern, es sind die Unvernünftigen, die Verrückten, die Spinner!"

> *Jede Investition in Wissen bringt*
> *immer noch die beste Rendite!*
> *BENJAMIN FRANKLIN*

18.

Jürgen Höller erzählt seine Geschichte:

„Meine Eltern heirateten sehr jung, weil ich unterwegs war, sie waren gerade zwanzig. Mein Vater, ein einfacher Arbeiter, schuftete die ersten Jahre sehr hart, um überleben zu können. Meine Mutter blieb zu Hause und kümmerte sich um mich und meinen jüngeren Bruder. In unserer Familie war es damals nicht üblich, sich zu sagen, dass man sich lieb hat.

Irgendwie ist dabei tief in mir die Angst entstanden, meine Eltern liebten mich zu wenig, sie seien nicht stolz auf mich. Ich hatte als Kind und Jugendlicher keinerlei erkennbare Talente. Ich war unmusikalisch, künstlerisch eine Niete, handwerklich unbegabt, in allen Sportarten eine Pfeife oder allenfalls Mittelmaß und auch in der Schule glänzte ich nicht gerade, musste sogar das Gymnasium wieder verlassen und mich mit der mittleren Reife begnügen, weil ich sehr faul war.

Um Lob und Anerkennung von meinem Vater zu bekommen, fing ich mit sechs Jahren an, Fußball zu spielen – weil er diesen Sport über alles liebte. Ich trainierte also regelmäßig, sogar sehr fleißig und mein Vater ließ es sich nicht nehmen, öfter bei meinen Spielen zuzuschauen.

Doch da ich auch hier wenig Talent besaß und es dennoch besonders gut machen wollte, spielte ich relativ schlecht und enttäuschte ihn. Zumindest empfand ich es so, denn er sagte mir nie, dass er stolz auf mich sei.

Mein Selbstwertgefühl wurde zusätzlich dadurch vermindert, dass ich schon mit fünf Jahren in die Schule kam, so waren meine Schulkollegen immer sechs bis zwölf Monate älter und dadurch auch größer und leider auch meist stärker als ich.

Wenn es im Turnunterricht darum ging, zwei Mannschaften für ein Ballspiel zu bilden – wer blieb übrig, weil ihn keiner in der Mannschaft haben wollte: der Dicke und ich. Wenn es darum ging, dass die Cracks der Klasse mal einfach so zur Demonstration ihrer Kraft und Macht jemanden verkloppen wollten –

wen suchten sie sich aus: entweder den Dicken oder mich.

Und so entwickelte ich eine Stärke, die von der körperlichen Größe, Kraft und Begabung unabhängig ist: Die Fähigkeit zu reden! Schon mit zehn Jahren schrieb ich kleine Romane, zum Beispiel über Huckleberry Finn, oder studierte im Schullandheim ein ganzes, einstündiges Theaterstück mit 20 Mitschülern ein – natürlich mit mir in der Hauptrolle!

Später hatte ich Freunde aus höheren Kreisen, deren Eltern mich dann schon einmal fragten, was meine Eltern denn beruflich machen würden. Ich schämte mich, dass meine Mutter nur Hausfrau und mein Vater nur Arbeiter war. Heute weiß ich, dass ich nicht stolz auf meine Eltern sein konnte, weil ich glaubte, sie seien nicht stolz auf mich und vor allem, weil ich mir sicher war, sie liebten mich nicht besonders, was natürlich Unsinn war.

Mit 19 Jahren nahm ich mein ganzes gespartes Geld, 8400 DM, zusammen und kaufte ein 280 qm großes Keller-Fitness-Studio in Haßfurt. Als ich nach Hause kam und es stolz meinen Eltern erzählte, weinte meine Mutter und mein Vater warnte mich davor, dass die Aerobic- und Fitnesswelle bald vorüber sein werde. Ich hasste sie in diesem Moment regelrecht, denn ich wollte doch Anerkennung.

Heute weiß ich, dass mich meine Eltern geliebt haben – sie konnten es nur nicht sagen und zeigen. Wahrscheinlich, weil sie selbst die Liebe nie so richtig von ihren Eltern vermittelt bekamen. Seitdem ich das erkannt habe, erwarte ich von ihnen keine Liebesbeweise mehr. Ich bin dankbar für alles, was sie für mich getan haben. Und ich bin stolz auf sie, dass sie ihr Leben gemeistert haben. Ich liebe sie und weiß, dass auch sie mich immer auf ihre Art geliebt haben.

In jungen Jahren aber wurde meine Sucht nach Anerkennung immer stärker. Ich sprach irgendwann vor 50 Menschen, die mich bejubelten und mich anhimmelten, aber es war nicht genug. Ich sprach vor 1000 Menschen, aber die Anerkennung befriedigte mich nicht. Ich sprach schließlich vor 10 000 Menschen – aber sobald ich die Bühne verließ, fühlte ich mich noch immer nicht gut genug, zweifelte an meiner Leistung, fühlte mich unzureichend. Die Sucht nach Anerkennung trieb mich mein Leben lang an. Gleichzeitig war ich aber auch ein Getriebener, ein von seiner Sucht nach Anerkennung Gehetzter, der nie ankam, welch Ziele er auch erreichte.

Im Jahr 1989 beschloss ich, eine spezialisierte Unternehmensberatung zu starten. Vier Jahre später hatte die INLINE Unternehmensberatung etwa 350 Fitnessclubs in Deutschland, Österreich und der Schweiz dauerhaft unter Vertrag.

Ab 1990 begann ich auch kleine Seminare zu veranstalten. 1993 veröffentliche ich mein erstes Buch. »Sicher zum Spitzenerfolg«.

Daraufhin gab es immer mehr Anmeldungen für meine Seminare und die Anfragen häuften sich, ob ich nicht als Referent bei Tagungen und Kongressen oder als Redner in Firmen auftreten könnte. Dies steigerte sich von Monat zu Monat, sodass ich schließlich 1994 vor einem Problem stand:

Zum einen war ich nach wie vor Geschäftsführer der INLINE Unternehmensberatung GmbH, die zum weltweiten Marktführer aufgestiegen war. Daneben hatte ich gemeinsam mit hochkarätigen Experten weitere spezialisierte Unternehmensberatungen für IT-Betriebe, Fahrschulen, Sonnenstudios, Golfclubs und für Zahnarztpraxen gegründet.

Zum anderen hatte sich mittlerweile die Nachfrage nach meinen Seminaren so verstärkt, dass ich Angst bekam, mich zu verzetteln.

Eine meiner Grundmaximen lautet nämlich, sich auf eine Sache zu konzentrieren, dies hatte ich später in meinen Seminaren auch als das Gesetz der Konzentration an meine Seminarteilnehmer weitergegeben: Wenn man ein Blatt Papier für eine halbe Stunde in die Sonne legt, passiert recht wenig: Es wellt sich, vergilbt ein wenig, wird ein bisschen warm, aber im Wesentlichen bleibt es ein Blatt Papier. Nicht so, wenn man mittels eines Brennglases die Energie der Sonne auf einen einzigen Punkt konzentriert: Innerhalb von Sekunden fängt das Blatt zu brennen an. Die Energie der Sonne wurde nicht größer, sondern die vorhandene Energie wird lediglich auf einen einzigen Punkt konzentriert, sodass die Wirkung stärker wird.

Dieses Gesetz der Konzentration ist eines der Erfolgsgesetze, das von uns Menschen am häufigsten verletzt wird – und leider bilde ich da keine Ausnahme. Je intelligenter ein Mensch ist und über je mehr

Fähigkeiten und Talente er verfügt, desto größer ist die Gefahr, dass ihn alles interessiert, dass er möglichst viele unterschiedliche Dinge gleichzeitig anpackt. Erfolgreich auf Dauer sind jedoch nur diejenigen, die die Fähigkeit besitzen, alles Nebensächliche auszublenden und sich vollkommen auf eine einzige Sache konzentrieren.

Ein Hund, der zehn Hasen jagt, erwischt keinen einzigen!

Nun, 1994 lief ich Gefahr, mich zu dekonzentrieren, also überlegte ich, was ich eigentlich wollte. Ich verfügte über ein grandioses Einkommen, ich war weltweiter Marktführer und es ging nur noch darum, das Erfolgsmodell auf immer mehr Länder zu übertragen und auszubauen. Auf der anderen Seite sagte mir meine innere Stimme, ich solle mich stärker auf die Seminartätigkeit konzentrieren. Eine meiner Lebensmaximen lautet: »Folge immer deinem Herzen!«, sodass ich mich für die Seminartätigkeit entschied.

Mein Freund Paul, der mich beim Aufbau des Unternehmens begleitete, übernahm 1995 das Unternehmen. Bis heute hat ihn der Erfolg nicht verlassen.

Ich konzentrierte mich also vollständig auf meine Seminartätigkeit. Ich nahm mir als Aufgabe vor: Ich möchte möglichst vielen Menschen dabei helfen, ihr Leben erfolgreicher und glücklicher zu führen! Deshalb lautete meine Philosophie, die ich auf das Unternehmen INLINE übertrug: Wachstum! Ich verdoppelte jedes Jahr den Umsatz und begegnete vielen Prominenten und Erfolgreichen aus allen Bereichen.

1998 wurde in Deutschland der Neue Markt gegründet. Mit dem Kapital, das sich diese Firmen durch den Börsengang verschafften, konnten sie noch stärker expandieren. Das gefiel mir. Denn obwohl ich mittlerweile sehr vielen Menschen mit meinen Büchern, Kassetten, Videos und Seminaren helfen konnte, war mir dies immer noch zu wenig. Ich wollte noch weiter wachsen, und das zusätzliche Kapital des Börsengangs würde es auch ermöglichen, im Ausland zu expandieren, was sehr kostenintensiv ist und meine Möglichkeiten überstiegen hätte.

Damit das Mögliche entsteht, muss immer wieder das Unmögliche versucht werden, sagt Hermann Hesse.

Und so traf ich schließlich 1999 die folgenschwere verhängnisvolle Entscheidung, mein Unternehmen INLINE an die Börse zu bringen.

Zu diesem Zweck wurde die INLINE GmbH rückwirkend zum 1. Januar 1999 in die INLINE Motivation AG umgewandelt und umbenannt. Was mir damals nicht bewusst war: Wenn ein so kleines Unternehmen wie INLINE einmal das »Rad Börsengang« ins Rollen gebracht hat, gibt es kein Zurück mehr …

Ich führte also erste Gespräche mit den IPO-Experten (Initial Public Offering), das ist eine Abkürzung für Börsengang, und die IPO-Experten benötigt man, da man als normaler Kaufmann nicht das

174

Expertenwissen besitzt, um ein Unternehmen an die Börse führen zu können.

Doch ein Unternehmen, das an die Börse gehen will, braucht mehrere Schultern, auf denen die Last verteilt werden kann. Also plante ich einen neuen Organisationsaufbau des Unternehmens mit entsprechenden Vorständen und Führungskräften.

Das, was der Mensch sät, wird er auch ernten.
PAULUS

Börsenexperten hatten mir ausgerechnet, dass die INLINE bei einem Börsengang über 100 Millionen Euro wert sein würde. Und da wollte mein Freund Erich 20 Prozent der Anteile für eine Million DM? Er bedrängte er mich immer wieder, endlich einzusteigen. Da er als Referent mittlerweile nicht mehr bei allen Veranstaltungen gute Bewertungen erhielt, lehnte ich sein Angebot schließlich ab.

Don't dream it – Do it!

1999 war ein unglaubliches Jahr: Ich konnte mir einige meiner persönlichen Träume erfüllen und das Unternehmen INLINE expandierte immer stärker.

Nicht nur, dass ich innerhalb von fünf Jahren eines der erfolgreichsten Weiterbildungsunternehmen im deutschsprachigen Raum aus dem Boden gestampft hatte und dabei »nebenbei« zu einem der bekanntesten Trainer Europas geworden war, auch die Aussicht auf den Börsengang, den wir für November/Dezember 2000 anpeilten, zeigte, dass mein Lebensweg noch weiter steil nach oben ging.

Ich ahnte zu diesem Zeitpunkt nicht ansatzweise, dass der Entschluss, an die Börse zu gehen, der größte Fehler meines Lebens war ...

Am 10. Januar 2000 flog ich von Rom nach Nürnberg, wo ich ein ausverkauftes Power-Management-Seminar hielt. Irgendwie waren die drei Tage aber doch recht anstrengend gewesen, insbesondere, da ich zwischen dem 24. Dezember 1999 und dem 6. Januar 2000 »nebenbei« ein neues Buch geschrieben hatte. Die Folge: Ich bekam einen fiebrigen Infekt. Doch ein Seminar mit hundert Teilnehmern absagen? Das wollte ich den Menschen nicht zumuten.. Und so hielt ich die drei Tage tapfer durch.

Am Abend hatte ich ein Gespräch mit der E-Learning-Firma Metatrain GmbH aus Neumarkt. Mir persönlich war durch viele Gespräche klar geworden, dass E-Learning eine große Zukunft haben könnte. Auf der einen Seite besprachen wir Projekte, bei denen ich mein Wissen zur Verfügung stellen könnte, andererseits entstand dadurch die Idee, wie die Metatrain GmbH die INLINE Motivation AG beim Börsengang unterstützen könnte.

An jenem Abend konnte ich nicht viel sprechen, denn aufgrund der fast 40 Grad Fieber, die mich plagten, war auch meine Stimme stark in Mitleidenschaft gezogen. Dennoch wollte ich den

Termin unbedingt wahrnehmen, denn die Zeit drängte: Ich wollte endlich an die Börse!

Über 1200 Teilnehmer waren beim ersten Marktauftritt der INLINE AG in der Schweiz in Zürich dabei. Die Sache war also ein voller Erfolg, und im Hinblick auf den Börsengang sollte die Schweiz nach Österreich die zweite Auslandsfiliale sein, die wir eröffneten.

Am dritten Februar 2000 hatten wir uns mit einem Fernsehteam verabredet, das mich drei Tage lang rund um die Uhr begleiten wollte. Von diesem Zeitpunkt an stand ich für etwa vierundfünfzig Stunden fast ununterbrochen vor laufender Kamera. Auch ein Gefühl, an das ich mich erst gewöhnen musste. Abends fand vor etwa 600 Teilnehmern der »Power Day« in Hoyerswerda statt.

Seit Jahren besuchte eine dort ansässige Unternehmerin regelmäßig meine Seminare. Aus kleinsten Anfängen heraus hat sie nach der Wende in Hoyerswerda ein Fitnessstudio aufgebaut, das mittlerweile zu den besten und erfolgreichsten Deutschlands gehört. Geschafft hat sie das vor allen Dingen durch ihre Philosophie »Ich liebe meine Mitarbeiter«. Da auch viele ihrer Mitarbeiter in meine Seminare kommen, weiß ich, dass sie diese Philosophie Tag und Nacht lebt und darauf ihren kompletten Erfolg aufgebaut hat. Sie ist ein Paradebeispiel dafür, dass ein Unternehmen nicht etwa auf Kosten, sondern zum Nutzen und Wohle von Mitarbeitern und Kunden zum Erfolg finden kann.

In der einzigen 30-minütigen Pause hatte ich ein Interview mit Eins-Live zugesagt. Als ich dazu fluchtartig die Bühne und den Kongresssaal verließ und voller Eile mein Hotelzimmer suchte, wo das Interview stattfinden sollte, kam, was kommen musste: Aufgrund des verwinkelten, weiten Weges verirrte ich mich schließlich, stets begleitet vom Kameramann, der mich nun schon seit gut zwei Tagen verfolgte. Bei einer abrupten Kehrtwendung prallten mein Gesicht und die Kamera unsanft aneinander. Es dauerte nicht lange, bis ich mit diesem Missgeschick ein willkommenes Opfer für Stefan Raabs »TV total« war. Ich liebte »TV total« und ich mag auch Stefan Raab. Manchmal geht er mir zwar etwas zu weit, wenn er Menschen so auf die Schippe nimmt, dass es sie verletzt aber insgesamt halte ich ihn für eine Bereicherung. Gerade wenn man prominent ist, sollte man auch in der Lage sein, über sich selbst zu lachen. Die teils vernichtende Kritik an »TV total« rührt wahrscheinlich daher, dass Humor und Spaß in Deutschland geordnet und gesittet daherkommen und vor allen Dingen mit langer Historie ausgestattet sein müssen. Manchmal habe ich sogar das Gefühl, Spaß und Optimismus gelten hierzulande als oberflächlich und banal, nur der Schwermut und die Melancholie haben Tiefgang. Ich jedoch glaube, dass Spaß, wenn er nicht auf Kosten anderer geht, ein wichtiger Bestandteil des Lebens ist. Lachen ist weltweit ein Ausdruck von Glück. Über mein »Missgeschick« und seine Veröffentlichung bei Stefan Raab musste ich jedenfalls selbst lachen. *Lachen und Spaß sind die Nahrung der Seele!*

Als kleiner Junge hatte ich immer davon geträumt, einmal eine berühmte Persönlichkeit zu sein. Ich hatte auch viele Jahre die Nähe der Presse gesucht und mich darin gesonnt, wenn sie mich als den Star der europäischen Motivationsszene beschrieben. Doch nun, da ich es geschafft hatte, prominent zu sein, wünschte ich mir immer öfter, das ganze Brimborium loszuwerden. Nun ja, Kerstin sagte immer: »Du hast das so gewollt, also musst du auch damit leben.«

„Niemals wird dir ein Wunsch gegeben,
ohne den dir auch die Kraft verliehen wurde,
ihn zu verwirklichen.
Es mag allerdings sein, dass du dich
dafür anstrengen musst."
AUS: ILLUSIONEN VON RICHARD BACH

Am fünften Februar 2000 war ein großer Tag in der Dortmunder Westfalenhalle. Im VIP-Bereich gab es nicht nur eine Nonstop-Verköstigung, sondern auch die Möglichkeit zu hautnahem Kontakt zu den Referenten, prominenten Gästen und natürlich auch zu mir. Ich hatte außerdem schon von einigen VIP-Gästen gehört, dass sich dort sehr interessante Gespräche mit anderen VIPGästen führen und sogar lukrative Geschäfte anbahnen lassen.

Über vierhundert VIPs, die jeweils fast tausend Mark für eine Karte zahlten, hatten dort, ähnlich wie bei

Tennisturnieren oder Boxveranstaltungen, den ganzen Tag freien Eintritt.

Die meisten VIPs waren Unternehmer mit eigenen Firmen, die vor Jahren einmal ein Buch von mir gelesen oder eines meiner Seminare besucht hatten. Da ich ihnen und ihren Mitarbeitern viele Anstöße für ein neues »Denken« hatte geben können und sich so ihre gesamte Lebensqualität nicht nur beruflich oder finanziell verbessert hatte, waren sie immer wieder gern dabei. Dort traf ich auch Franklin, den »jüngsten« Moderator, der seine Karriere bei RTL begann. Franklin litt vor Jahren einmal an Klaustrophobie. Im Oktober 1999 hatte er eine große Aktion geplant, um sich und aller Welt zu beweisen, dass er seine Phobie besiegt hatte.

Er wollte sich in einer Metallröhre luftdicht einschließen und vierundzwanzig Stunden lang sechs Meter tief auf dem Grunde des Rheins versenken lassen. Er bat mich um Unterstützung, und ich war gerne bereit, mich einzubringen. Meine Aufgabe bestand darin, ihn mental darauf vorzubereiten und ihm während der vierundzwanzig Stunden permanent zur Seite zu stehen.

Franklin hatte mit seiner spektakulären Aktion wirklich allen bewiesen, dass er seine Phobie besiegt hatte. Ein paar Tage später startete auf RTL seine »100 000 Mark-Show« mit tollen Einschaltquoten!

Das Wagnis fand in Köln in einem Nebenarm des Rheins statt, unmittelbar dort, wo die Kelly-Family früher ihr Hausboot hatte. Ich lernte dort auch Joey

Kelly kennen, der es sich nicht nehmen ließ, einmal vorbeizuschauen.

Joey erwies sich als ausgesprochen bescheidener und äußerst liebenswürdiger Mensch. Ich schenkte und signierte ihm eines meiner Bücher. »Was bekommst du dafür?«, fragte er mich. »Natürlich nichts, es ist mir eine Ehre«, sagte ich.

Joey Kelly war nämlich mittlerweile nicht nur Musiker, sondern Extremausdauersportler. Er bedankte sich und kam am nächsten Tag wieder, drückte mir zwei volle Plastiktüten in die Hand und sagte: »Das ist ein Dankeschön dafür, dass du mir gestern ein Buch geschenkt hast. Unser Vater Dan hat uns immer gesagt: ›Nimm eins und dann gib zehn!‹«

Die beiden Tüten enthielten Merchandising-Produkte der Kelly Familie, CDs, T-Shirts, Kaffeetassen, Videos etc. Gesamtwert vielleicht fünfhundert Mark. Ich war platt.

Alles, was du weggibst, ob positiv oder negativ, kommt wie ein Bumerang wieder zu dir zurück.

Genau das verstehe ich unter dem Gesetz vom Geben und Nehmen, das ich in meinen Seminaren immer propagierte. Im Unterschied zur Meinung vieler, erfolgreich könne nur der sein, der auf Kosten anderer lebt, propagiere ich stets, dass derjenige am glücklichsten ist, der seinen Erfolg zum Wohle und Nutzen der anderen anstrebt. Dieses Gesetz vom Geben und Nehmen ist uralt und jeder unternehmerische Erfolg baut darauf auf. Ein Unternehmen, das mehr Kunden gewinnen möchte, muss seinen Nutzen erhöhen. Eigentlich wieder ganz banal. Erst muss der Nutzen erhöht werden, dann bekommt man den Nutzen in Form von mehr Kunden und höheren Umsätzen zurück. Das Gesetz vom Geben und Nehmen funktioniert nicht nur bei Unternehmen und Organisationen, sondern auch bei Einzelpersonen.

Es wird nun einmal nicht der Mitarbeiter befördert, der jahrelang immer ein bisschen weniger gegeben hat als alle anderen. Es wird derjenige befördert, der stets ein bisschen mehr gegeben hat. Es wird bei einer Krise nicht derjenige Mitarbeiter entlassen, der ein bisschen mehr gab als alle anderen, sondern der, der ein bisschen weniger gab. Das Gesetz vom Geben und Nehmen funktioniert immer, es schafft stets einen Ausgleich. Wer immer nur nimmt und nie gibt, wird nach einiger Zeit nichts mehr nehmen können. Und wer gibt, wird vom Leben dafür belohnt werden, auch wenn es manchmal etwas längere Zeit dauern mag.

Ich habe vor vielen Jahren einmal von einem Lehrmeister einen Satz gehört, an den ich mich stets hielt und der immer funktioniert hat:

Gib immer ein bisschen mehr, als man von dir erwartet!

Doch zurück zum großen Tag in meinem Leben: Ich schloss die Augen und während ich hörte, wie Franklin mich ansagte, stellte ich mir vor, dass sich nun tatsächlich mein Lebenstraum erfüllen würde. Gleichzeitig stellte ich mir vor, dass ich nun auf der Bühne für die Menschen dort draußen mein Bestes geben würde. Ich stellte mir vor, dass ich sie nicht nur begeistern, sondern ihnen wirklich dabei helfen würde, in Zukunft erfolgreicher und glücklicher zu leben. Nach dieser »Imaginationsrunde« ging ich auf die Bühne. Fast 14 000 Menschen erwarteten mich stehend und begeistert, noch ehe ich ein Wort gesagt hatte. Ein unglaubliches Gefühl der Zuneigung, ja, der Liebe zu meinen Kunden und Fans durchströmte mich und an diesem Tag gab ich mein Letztes. Ich erzählte an diesem Tag ein wenig aus meinem Leben, von meinen Höhen, aber auch von meinen Tiefen. Ich verriet, dass ich mit einundzwanzig Jahren eine tiefe Lebenskrise hatte, weil ich fast pleite war. Ich erzählte Ihnen offen und schonungslos, dass ich damals drei meiner vier Geschäfte aufgeben musste und hohe private Schulden hatte, dass ich in dieser Zeit ein Magengeschwür bekam, mehrere Bandscheibenvorfälle hatte, die meisten Freunde mich verließen und schließlich auch noch meine Beziehung kaputt ging. Ich verriet ihnen sogar, dass ich erste Anflüge von Suizidgedanken hatte. Aber ich erzählte ihnen auch, wie ich es schaffte, aus diesem Tief meines Lebens rauszukommen und schließlich hier auf der Bühne zu stehen und den vorläufigen Höhepunkt meines Lebens erleben zu können. Als ich meinen Vortrag beendet hatte, sprangen die 14 000 Menschen wie auf Kommando hoch, spendeten mir minutenlang Applaus. Ich nahm diese Energie in mir auf und hätte nun stundenlang weitermachen können.

Kurze Zeit später ging ich mit einigen Mitarbeitern zum Essen und traf mich mit der kompletten Crew schließlich um Mitternacht in einer Dortmunder Diskothek, um bis nachts um fünf Uhr mal so richtig abzufeiern und gemeinsam den Erfolg zu genießen. Ja, ich war damals auf dem Gipfel meiner Karriere angelangt, und der nächste Gipfel, der geplante Börsengang, stand kurz bevor.

Ich bewegte mich schnell, immer schneller, lebte ein Leben auf der Überholspur. Teuerste Hotels, First-Class-Flüge, öfters auch mal ein Privat-Jet, Ferrari, Rolex, Traumhaus, Designer-Klamotten. Heute weiß ich, dass ich damals etwas die Bodenhaftung verloren hatte, »abgehoben« war. VIPs drängelten sich darum, von mir privat gecoacht zu werden, die Presse riss sich um mich, der Börsengang sollte zig Millionen in die Kassen spülen. Ich bemerkte nicht, dass ich zu verhaftet im materiellen Erfolg war, genoss die Anerkennung und Bewunderung, ohne zu merken, dass dies keine echte Liebe ist, ja, dieser Geltungstrieb letztendlich die Seele zerstört. Aber bald sollte ich es lernen, und zwar mit allergrößten Schmerzen, um was es wirklich im Leben geht.

Wer meint, er ist am Ziel, der geht zurück.
LAO TSE

Zum damaligen Zeitpunkt ließ ich häufig Journalisten und auch TV-Teams für Aufnahmen in unser Haus. Ich dachte mir dabei nichts Böses, denn ich war stolz auf meinen Erfolg und glaubte, auch andere Menschen würden sich dadurch inspirieren lassen. Dies war teilweise auch der Fall. Doch diese Naivität musste ich bitter bezahlen. Heute weiß ich, dass es ein Fehler war. Denn die Home stories, die auch unsere Kinder in unserem wunderbaren Haus zeigten, mit Schwimmbad, eigenem Fitnessstudio, Hobbybereich mit Carrerabahn und parkähnlichem Garten, erzeugten viel Neid, wie ich später noch feststellen sollte.

Im März und April 2000 fanden viele Fusionsgespräche zwischen den Inhabern der Metatrain GmbH, mir und den Vorständen der INLINE Motivation AG statt. E-Learning in Verbindung mit Live-Learning sollte ein absoluter Zukunftstrend und bei einem Börsengang ein echter Knüller sein. Schließlich kam es zu der Einigung, dass die Metatrain GmbH und die INLINE Motivation AG zur neuen INLINE AG fusionieren sollten. Nachdem die mündlichen Fusionsverhandlungen abgeschlossen waren, kam es zu einem festen Vertrag mit aufschiebenden Bedingungen.

Der Mai 2000 war gekennzeichnet von Vorbereitungen auf den geplanten Börsengang. Es musste ein Businessplan erstellt werden. Jede Zahl, ob nun Kosten oder Umsatz, muss nachvollziehbar sein, ansonsten zerreißen die Analysten den Businessplan später beim Börsengang.

Im Juli/August 2000 fuhr ich dann mit meiner Familie in Urlaub nach Portugal. Dort erholte ich mich glänzend. Mitte August kehrte ich wieder zurück. Der erste Businessplan stand nun und wurde dem neuen IPO-Team und auch einigen hochrangigen Experten und Analysten der Finanzwelt vorgestellt. Der Wert des fusionierten Unternehmens INLINE AG war im Mai 2000 mit etwa 550 Millionen DM festgestellt worden. Für diesen Businessplan bekamen wir von den Experten nun kräftig Hiebe. Unsere Umsatzsteigerungen seien eigentlich zu gering und unsere Marketingausgaben viel zu niedrig, um an die Börse zu gehen. Man muss als New-Economy-Unternehmen, das an den Neuen Markt will, den Anlegern beweisen, dass man Märkte besetzen und hohe Marktanteile erobern will. Es machte sich in meinem Bauch Unbehagen breit, denn als Vollblutunternehmer, der seit seinem neunzehnten Lebensjahr selbstständig ist und stets Überschüsse erzielen musste, erschien mir diese Kritik etwas unangebracht. Doch der weltweite Hype in der New Economy war auf dem Höhepunkt. Kleine Internet-Firmen, die bei einer Million Euro Jahresumsatz fünfzig Millionen Euro Jahresverlust erzielten, waren an der Börse Milliarden schwer. Ich als kleiner Kaufmann, der noch dazu an bis zu zweihundert Tagen im Jahr auf der Bühne stand, war von all diesen Experten und Kapazitäten beeindruckt. Auch unsere VCs drängten darauf, den Businessplan zu überarbeiten. Und so wurde der Marketingetat auf 5 Millionen DM verdoppelt.

Außerdem sollte deutlich mehr Kapital ins E-Learning investiert werden. In diesen Bereich sollten weitere Millionen investiert werden, um noch mehr Inhalte anbieten zu können. Der Plan, der uns von den Experten vorgegeben wurde, lautete: Jetzt Inhalte produzieren und diese dann jahrelang immer und immer wieder verkaufen. Skalierbare Effekte nennt dies der Fachmann. Insgesamt wurden in E-Learning allein etwa fünf Millionen Euro investiert. Auch die Vorkosten für den Börsengang waren beträchtlich. Mittlerweile scharte sich ein Heer von Beratern und Experten um mich, die ich glaubte alle zu benötigen. Allein die Vorstufen des Börsenganges würden Millionen verschlingen. Mir wurde zu diesem Zeitpunkt Angst und Bange. Hätte ich doch nur auf meine innere Stimme gehört!

Doch es war bereits zu spät: Zu diesem Zeitpunkt gab es kein Zurück mehr, denn wir hatten ja schon Millionenbeträge investiert. Und so stimmte ich schließlich, trotz meiner Ängste, dem gesamten Plan zu. Der Börsengang wurde festgelegt auf Ende November 2000. Mittlerweile waren die Mittel, die durch die vorbörslichen Zeichner eingesammelt worden waren und zur Finanzierung dienten, immer mehr aufgebraucht. Gleichzeitig hatte die INLINE AG den Startschuss gegeben für umfangreiche Maßnahmen. Um diese zu finanzieren, benötigten wir schnellstens die fünf Millionen Euro der VCs, ansonsten würde es eng werden.

Ich haftete persönlich für die zirka 2,4 Millionen Euro, die die vorbörslichen Zeichner investiert hatten – ein meiner Meinung nach verhängnisvoller Fehler, wie später klar wurde. Letztendlich war dieser Fehler mitentscheidend für meinen späteren finanziellen Ruin. Leider hatten wir etwa acht bis zehn Wochen verloren, sodass der Börsengang unmöglich noch im Jahr 2000 hätte durchgeführt werden können.

Fremde sind Freunde, die man noch nicht kennt.

Am achten Oktober 2000 war ich als Redner zu Gast bei einer ungewöhnlichen Veranstaltung: dem »Go Special Gottesdienst« der Evangelischen Kirche in Niederhöchstadt. Pfarrer Dr. Klaus Douglass hatte ich einige Zeit vorher kennen und schätzen gelernt. Einer meiner Seminarteilnehmer war nach dem Seminar spontan zu mir gekommen und hatte mir erzählt, dass ich unbedingt Pfarrer Dr. Klaus Douglass kennen lernen müsse. Er würde genau das, was ich auf der Bühne lehre, in seiner Gemeinde leben, und er wäre äußerst erfolgreich. Einige Wochen später rief ich dann tatsächlich bei ihm an: Ich kann mich noch gut an das Gespräch erinnern:

Kann es sein, dass Sie im letzten Jahr in Frankfurt in der Festhalle einen großen Auftritt hatten?, fragte er mich. Ja, antwortete ich ihm, das war ich.

Daraufhin unterhielten wir uns ein wenig und sofort war ein unsichtbares Band zwischen uns beiden geknüpft. Wir schickten uns gegenseitig unsere Bücher. Auch er hatte einige verwirklicht, wie beispielsweise »Lebe deinen Traum«. Und schon wenige Tage später rief ich ihn an, da ich eine tiefe Seelenverwandtschaft entdeckt hatte. Wir trafen uns dann ein paar Male, er war zu Gast in mehreren meiner Seminare, ich schaute mir seinen Gottesdienst an. Klaus, mittlerweile waren wir gute Freunde, hatte in Niederhöchstadt

Fantastisches erreicht: Er hatte innerhalb weniger Jahre eine der blühendsten Evangelischen Gemeinden Deutschlands aufgebaut. Bei seinem ersten Gottesdienst saßen sechs Teilnehmer vor ihm, mittlerweile an manchen Sonntagen bis zu 1500! Aber die Gottesdienste in Niederhöchstadt sind auch nicht vergleichbar mit anderen. Bei einem »Go Special Gottesdienst« spielt eine Musikgruppe auf der Bühne, und zwar werden spirituelle Texte mit peppiger Musik unterlegt, es werden Sketche aufgeführt, es wird gelacht, getanzt, geklatscht. Die Themen sind absolut modern. Etwa dreihundertfünfzig Gemeindemitglieder arbeiten ehrenamtlich am Aufbau und Erhalt der Gemeinde mit. Mittlerweile arbeiten ungefähr Einhundertfünfzig Kirchengemeinden in Deutschland äußerst erfolgreich mit dem gleichen Konzept wie die Gemeinde in Niederhöchstadt. Klaus wurde ein gefragter Redner, nicht nur in Kirchenkreisen. Deshalb ist es kein Wunder, dass ich ihn auch als Referent für die INLINE AG engagierte. Klaus war auch einer der wenigen Menschen, der immer hinter mir stand und sich auch in meinen schwersten Stunden als echter Freund erweisen sollte.

Bei diesem Go Special Gottesdienst nun hielt ich eine etwa zwölfminütige Rede. Da das Gotteshaus mit nur ungefähr 350 Sitzplätzen zu klein ist, finden am Sonntag drei Gottesdienste nacheinander statt. Beim letzten Gottesdienst um zwanzig Uhr sitzen übrigens an die dreihundertfünfzig Jugendliche zwischen vierzehn und fünfundzwanzig Jahren lieber dort als zum Beispiel in einer Kneipe oder vorm Fernseher. Ich bin in meiner Kindheit sehr christlich erzogen worden, habe jedoch im Laufe der Jahre den Bezug zur Kirche und ein klein wenig auch zu Gott verloren. Zwar habe ich immer an Gott geglaubt, aber wenn man nicht mehr in die Kirche geht, werden auch die Gespräche mit Gott immer seltener und irgendwann stellt man sie ein. Und wenn man nicht mehr mit Gott spricht, so habe ich festgestellt, dann besteht die Gefahr, dass man auch den Bezug zum christlichen Leben verliert. Dank Klaus habe ich diesen Bezug wieder intensiviert und begonnen, regelmäßig mit Gott zu sprechen. Ich spreche mit ihm, das heißt, ich bete nicht nach irgendwelchen uralten Formeln, die ich gar nicht mehr verstehe, sondern ich spreche mit ihm, danke ihm und bitte ihn um Rat. Ich habe mittlerweile wieder ein sehr intensives Verhältnis zu Gott und obwohl ich nicht sehr oft in Niederhöchstadt bin, ist dies meine eigentliche kirchliche Heimat. Später, in der schweren Lebenskrise, die wir noch erleiden sollten, hat dann die Beziehung zu Gott Kerstin und mir sehr geholfen und uns viel Hoffnung und Mut gemacht.

Am sechundzwanzigsten November hielt ich dann mein letztes Seminar im Jahr 2000 im ausverkauften Mannheimer Rosengarten vor 2600 Teilnehmern. Guildo Horn, der ein kurzes Praktikum bei mir beginnen und seine nächste Tournee unter das Motto »Du erreichst dein Ziel« stellen wollte, kam spontan auf die Bühne und sang zwei, drei Lieder. Der Mannheimer Rosengarten bebte. Abends ließ ich mich dann nach Frankfurt ins Sheraton Hotel fahren, wo ich nach einer kurzen Nacht am nächsten Morgen abflog, um Siegfried & Roy in Las Vegas zu besuchen.

Wenn du »es« träumen kannst,
kannst du »es« auch erreichen.
WALT DISNEY

Siegfried & Roy's Europamanager für Audio- und Visuelle Produkte in Europa, hatte eines meiner Bücher für Siegfried & Roy signieren lassen. Damals signierte ich das Buch, erwartete aber nicht, jemals wieder von Siegfried & Roy zu hören. Doch falsch gedacht: Wenige Wochen später meldeten sie sich und luden mich privat zu sich nach Las Vegas ein. Sie begrüßten mich anfangs freundlich, aber reserviert. Doch bereits nach wenigen Minuten war das Eis vollständig gebrochen und eine echte Freundschaft bahnte sich an. Ihre Lebensgeschichte und ihre Einstellungen und Strategien deckten sich vollständig mit meinen. Wir entdeckten eine große Seelenverwandtschaft. Ihr wichtigstes Motto: *Glaube kann Berge versetzen!*

Abends war ich zur Show von Siegfried & Roy in den VIP-Bereich eingeladen. Direkt nach der Show traf ich Siegfried und Roy in ihrem persönlichen Backstage-Bereich. Überall hingen Fotos mit den zahlreichen Berühmtheiten dieser Welt. Praktisch kein Politiker, kein Künstler, kein Star, der nicht schon in ihrer Show war. Und der nicht stolz darauf wäre, mit Siegfried und Roy auf einem Bild verewigt zu werden. Und nun wurde mir diese Ehre zuteil. Wow, was für eine

Entwicklung, was für eine Karriere hatte ich hingelegt! Ich war stolz auf mich, ohne zu bemerken, dass auch eine Menge Hochmut in mir schwang. Auf dem Rückflug von Las Vegas dachte ich an diese positive Begegnung zurück, und ich freute mich auf das kommende Jahr, in dem mein größter Triumph auf mich wartete: der erfolgreiche Börsengang! Nicht ansatzweise ahnte ich die Tragödie, die ich erleben sollte.

Im November 2000 wurde der Beteiligungsvertrag notariell besiegelt. Zu diesem Zeitpunkt hatten sich die Börsenkurse weltweit seit Mai halbiert. Dadurch war INLINE auch nicht mehr 250 Millionen Euro, sondern nur noch die Hälfte wert. Aber immer noch eine unglaubliche Summe und ausreichend für den Börsengang. Wieder einmal hörte ich nicht auf meine innere Stimme, auf meine Intuition und schloss mich den Meinungen der anderen an. Aber auch wenn ich gewollt hätte, hätte ich mich nicht mehr durchsetzen können, schließlich war ich nicht mehr Alleinherrscher in meinen Unternehmen, wie früher einmal. Also wurde der Börsengang auf spätestens Ende Juni 2001 festgelegt. Ich feierte ein sehr schönes Weihnachtsfest im Kreise meiner Familie, spannte einige Tage aus, um Kraft zu finden für das neue Jahr mit seinem Höhepunkt Börsengang. Am Silvesterabend um Punkt Mitternacht stieß ich mit Kerstin mit einem Glas Champagner an und nahm sie in die Arme. Wir träumten von einem glanzvollen Börsengang und davon, dass ich dann wieder mehr Zeit haben würde.

Bald würde es geschafft sein – doch das Unwetter hatte sich unmerklich bereits über uns zusammengebraut, ein Alptraum von für uns unvorstellbarem Ausmaß stand uns bevor. Januar und Februar 2001 waren geprägt von zahlreichen Bankterminen. Der Businessplan stand, alle Maßnahmen für den geplanten Börsengang waren getroffen und die Firma war so aufgestellt, um das stürmische Wachstum bis 2005 weiter vorantreiben zu können. Sie hatte mittlerweile circa hundertfünfzig Mitarbeiter, die sich auf fünf verschiedene Standorte verteilten.

Die Börsenkurse waren allerdings entgegen den Prognosen aller in- und ausländischen Experten noch stärker abgerutscht. Der Börsenwert der INLINE AG betrug Mitte Februar immer noch etwa achtzig Millionen Euro. Unsere Peer-Group erlitt jedoch in diesen vier Wochen einen so massiven Einbruch, dass der Wert der INLINE AG mit vierzig bis fünfzig Millionen Euro nun zu gering war, um sie noch an die Börse führen zu können.

Als feststand, dass der Börsengang 2001 auf keinen Fall stattfinden würde, führten wir natürlich sofort Gespräche mit den VCs, die bei uns investiert hatten. Für diese schien das Ganze kein sonderliches Problem zu sein, es würde einfach eine entsprechende Nachfinanzierung geben, und sobald die Börsen sich wieder drehten, würde der Börsengang durchgeführt.

Mein Traum musste also verschoben werden, war aber noch nicht geplatzt. Ich frage mich nun natürlich, ob ich mich mit dem Plan des Börsengangs damals nicht selbst überschätzt habe oder vielleicht einen Anflug von Größenwahn hatte. Ich hatte zwar in meinen Seminaren und Büchern immer darauf hingewiesen, dass erfolgreiche Menschen sich ein wenig selber überschätzen müssen, um erfolgreich zu sein. Aber was hatte ich damit eigentlich gemeint? Ausdrücken wollte ich, dass wir alle in einer Komfortzone leben. Innerhalb dieser Komfortzone befinden sich die Dinge, die wir schon kennen und die wir immer wieder auf die gleiche Weise tun. Das bringt Sicherheit. Denn wenn wir das, was wir schon immer gemacht haben, wieder tun, dann kennen wir bereits im Voraus das Ergebnis. Es mag nicht sonderlich überragend sein, aber immerhin können wir überleben.

> *Ihr seht und sagt: Warum?*
> *Aber ich träume und sage: Warum nicht?*
> *GEORGE BERNARD SHAW*

Ich hatte so fest an diesen Börsengang geglaubt. Mit all meiner Kraft war ich mir sicher, diesen Börsengang schaffen zu können. Ich hatte alles riskiert – und dann alles verloren! Widerspricht dieses Ergebnis nicht den Erfolgsgesetzen, die ich bereits tausendfach propagiert habe? Als da sind:

1. *Das Gesetz des Glaubens:*
Wenn du nur fest genug glaubst, wird »es« sich erfüllen!

2.   Das   Gesetz   der   Zielsetzung:
Wer sich Ziele setzt und diese fest genug in seinem Unterbewusstsein programmiert, wird sie auch erreichen!

Nun, auf den ersten Blick scheinen diese Erfolgsgesetze in der Realität des Lebens also doch nicht so einfach zu funktionieren. Bei genauerer Betrachtung jedoch gibt es natürlich Gründe dafür, warum ich mein Ziel, den Börsengang, trotz konkreter Zielsetzung und festen Glaubens nicht erreichte.

Die Gründe dafür, warum wir uns manchmal Ziele setzen und diese dann trotz aller Zuversicht nicht erreichen, sind:

1. Die Ziele entsprechen nicht unseren Talenten, unseren Begabungen.

2. Sie entsprechen nicht unseren Aufgaben, unserem »Plan«, der für uns vorgesehen ist.

3. Das Scheitern ist notwendig, damit wir weiter wachsen können.

4.   Was kann man daraus lernen?

Wie war das bei mir?

Zu Punkt 1: Das Ziel entspricht nicht unseren Talenten und Begabungen. Nun, dies war sicherlich bei mir der Fall. Ich weiß, dass ich ein Unternehmen erfolgreich leiten und auf der Bühne Menschen begeistern kann. Als Vorstandsvorsitzender einer AG, die an die Börse geht, treten jedoch zahlreiche andere Tätigkeiten in den Vordergrund: ständige Gespräche und Termine mit Bankern und Analysten, Investoren,

Rechtsanwälten, Notaren, Wirtschaftsprüfern, Steuerberatern, Aufsichtsräten, Vorständen, VCs, etc. Zugegebenermaßen machte mir meine Arbeit zunehmend weniger Spaß. Glücklich und innerlich zufrieden war ich eigentlich nur, wenn ich auf der Bühne stand. An den Tagen, wo es terminlich um die AG ging, fühlte ich mich energielos, kraftlos und ohne Freude.

Zu Punkt 2: Das Ziel entspricht nicht meiner Aufgabe. Die INLINE AG wäre mithilfe des Börsengangs zu einem kleinen Konzern im Bereich der Weiterbildung geworden. Sie hätte verschiedene Geschäftsfelder bearbeitet, zum Beispiel Live-Learning, E-Learning, Lizenznehmerschaften, Erfolgs- und Motivationsclubs und so fort. Doch meine eigentliche Aufgabe lautete immer: »Ich möchte möglichst vielen Menschen dabei helfen, ihr Leben noch erfolgreicher und glücklicher zu führen.« Hätte der Börsengang geklappt, hätte ich mich wahrscheinlich von dieser Aufgabe entfernt, weil ich mehr Zeit mit den Geld-Haien hätte verbringen müssen.

Zu Punkt 3: Manchmal ist das Scheitern notwendig, weil es uns zu innerem Wachstum anregt. Zwischen dem 21. und 23. Lebensjahr hatte ich ebenfalls eine große Krise zu bestehen. Mit einem größeren Abstand stellte ich anschließend fest, dass diese Zeit, so hart sie für mich auch seinerzeit war, in der ich sogar daran dachte, meinem Leben ein Ende zu setzen, der Grundstein für meine spätere Karriere war. Ich wurde dadurch gezwungen zu wachsen, aus meiner Komfortzone herauszugehen.

Nicht die Konzentration auf die Schwächen, sondern die Konzentration auf die Stärken sind für den Erfolg entscheidend!

Hauptstrategie: Anders als gewohnt! Ob es besser wird, wenn wir es anders machen, weiß ich nicht. Dass es aber anders werden muss, wenn wir es besser machen wollen, steht außer Frage!

Wenn man Schwierigkeiten und Probleme hat oder sich sogar in einer ausgewachsenen Krise befindet, nutzt es nichts, so weiterzumachen wie bisher. Die Dakota-Indianer haben hier ein sehr gutes Sprichwort: *Wenn das Pferd tot ist, steig ab!*

Wer mit Problemen oder Krisen in seinem Leben konfrontiert ist, dem muss bewusst sein, dass seine alten Handlungsweisen dafür gesorgt haben. Je größer die Krisen sind, die du bewältigen musst, desto radikaler musst du deine alten Strategien verändern. Begehe nicht den Fehler, dein Verhalten ein bisschen zu verändern. Merke dir folgenden Grundsatz: Je größer die Probleme, desto radikaler die Veränderung der bisherigen Strategie!

In meinen Seminaren schildere ich oft das von mir erfundene so genannte *Käsekuchen-Prinzip*. Jemand backt einen Käsekuchen. Beim nachmittäglichen Familienkaffee nehmen alle sich ein Stück Kuchen und schieben den ersten Bissen in den Mund. Sie kauen und verziehen angewidert das Gesicht: Der Käsekuchen schmeckt miserabel! Vier Wochen später nimmt der Kuchenbäcker einen neuen Anlauf: Wieder backt er einen Käsekuchen, wieder nach dem gleichen Rezept – und ist höchst überrascht, dass er den Gästen immer noch miserabel schmeckt. Es gibt Menschen, die ihr Leben lang stets den gleichen Käsekuchen, nach stets dem gleichen Rezept, backen und sich darüber wundern, dass er nicht schmeckt.

Im wirklichen Leben würde uns so etwas natürlich nie einfallen: Wenn ein Käsekuchen, den wir gebacken haben, nicht schmeckt, dann verändern wir halt einfach das Rezept. Wenn es sein muss, so lange, bis wir eine Mischung gefunden haben, die ein akzeptables Ergebnis zeitigt. Aber wenn es um Wichtigeres in unserem Leben geht als Käsekuchen backen, dann verhalten wir uns oft gegenteilig:

Wir halten verzweifelt an unserer alten Strategie fest, anstatt sie zu verändern und damit die Möglichkeit für ein neues, besseres Ergebnis zu schaffen. Ich kann dir natürlich nicht garantieren, dass das Ergebnis positiv ausfällt, wenn du deine alte Strategie veränderst. Ich kann dir nur versichern, dass du ein neues Ergebnis erhältst, wenn du eine neue Strategie versuchst. Und wenn du nach dem ersten Strategiewechsel ein negatives Resultat erzielst, dann gib nicht auf, sondern verändere deine Strategie so lange, bis du schließlich das Ergebnis erzielst, das du dir vorstellst!

Eine der besten Möglichkeiten, um eine erfolgreiche neue Strategie zu entwickeln, nennen die Amerikaner *Modelling of Excellence*. Diese Strategie besagt, dass es leichter ist, von jemandem zu lernen, der bereits in einer gleichen oder ähnlichen Situation war und diese erfolgreich bewältigte. Aus diesem Grund hatte ich auch Eberhard Wagemann als Begleiter für den Turnaround-Prozess vorgeschlagen. Jemand, der nachweislich einige Firmen erfolgreich saniert hat, von dem konnten wir lernen. *Modelling of Excellence* ist aber nicht nur anwendbar in Phasen der Krisenbewältigung, sondern auch, um Ziele schneller zu erreichen."

Dumme Menschen lernen auf eigene Kosten.
Kluge Menschen auf Kosten anderer.
NIKOLAUS B. ENKELMANN

Musik erklingt, minutenlanger Applaus für Jürgen Höller. Die Moderatorin kommt auf die Bühne und kündigt das Lied „Alles kann besser werden werden" von Xavier Naidoo an. Anschließend ist Mittagspause. Eva hat fleißig mitgeschrieben. Doch manchmal verschwimmt der Text, weil sie immer wieder weint. Viele neue und alte Erkenntnisse haben sie bestärkt, endlich ihre Ziele zu verwirklichen. Sie ist fest entschlossen, endlich ihren ersten Roman zu schreiben. Schon viele Texte von ihr liegen in der Schublade. Davon könnte sie mehrere Bücher schreiben. Jetzt will sie auch ihre Erlebnisse mit Heribert als Roman verarbeiten und natürlich alles, was sie bei den Powerdays gelernt hat. Eva drängt sich durch die Menge Richtung Ausgang und nimmt einige tiefe Atemzüge. Sie hat nun eine Stunde Zeit, um an der

199

frischen Luft spazieren zu gehen und ihr mitgebrachtes Obst zu essen. Bei Kaffee und Kuchen in der Seminarhalle unterhält sie sich dann mit anderen Teilnehmern, die durchweg voller Begeisterung sind. Eva sucht sich wieder einen freien Platz in ihrem Block, diesmal am Ende einer Reihe, damit sie schneller draußen ist.

Was immer du tun kannst oder träumst,
es zu können. Fang damit an! Mut hat Genie,
Kraft und Zauber in sich!
JOHANN WOLFGANG VON GOETHE

Musik erklingt. Jürgen Höller kommt auf die Bühne. Minutenlanger Applaus. Spannend geht es weiter.

Es ist nicht schlimm, ein Ziel nicht zu erreichen,
viel schlimmer ist es, kein Ziel zu haben.
VICTOR FRANKL

„In der größten Krise meines Lebens von November 2002 bis März 2003 habe ich das Buch geschrieben: *Und immer wieder aufstehen! Wie ich die größte Krise meines Lebens bewältigte.*

Ich hatte zu diesem Zeitpunkt die höchsten Gipfel des Erfolges bestiegen. Die Zeitschrift Bunte zählte mich zu den fünfhundert wichtigsten Deutschen und die Zeitschrift GQ kürte mich zu einem der fünfundzwanzig besten Redner unserer Zeit. Doch in dieser Zeit verlor ich auch die Bodenhaftung, hob ab, vergaß meine seelische Lebensaufgabe und verlor schließlich fast alles, was ein Mensch verlieren kann.

Herr im Himmel, warum ausgerechnet ich? Jeder Mensch, den eine schwere Lebenskrise trifft, egal welchen Bereich seines Lebens, beruflich, finanziell, gesundheitlich, partnerschaftlich oder was auch immer, ist zuerst geschockt, in den meisten Fällen wie gelähmt – und nur allzu oft bleiben diese Menschen leider am Boden liegen und geben auf.

In einer Phase meines größten Erfolges, in der ich alles hatte, von dem der normale Mensch so träumt, vom Gipfel bis in das tiefste Tal. Aber dieses Buch ist trotz allem nicht etwa melancholisch oder depressiv – im Gegenteil: Es zeigt Wege auf, wie man eine Krise meistert, wie man wieder aufsteht und weitergehen kann. Dieses Buch beschreibt ein unglaubliches Stück Leben – und was jeder Leser daraus für sich, für sein Leben lernen kann. Das Lesen wird manchmal wehtun, manchmal schockieren – und doch wird es helfen, das Leben besser zu meistern.

Und genau so, wie ich am ersten Mai 2004 wieder aufstand, weiterging und schließlich nicht nur meine Krise meisterte, sondern heute ein weitaus erfolgreicheres, besseres und glücklicheres Leben führe als früher – genauso kann dies jeder andere Mensch schaffen. Ich habe mir lange überlegt, ob ich dieses Buch wirklich noch einmal neu auflegen und es wieder veröffentlichen soll. Meine Geschichte liegt mittlerweile schon so viele Jahre zurück und gerne würde ich einfach einen Haken daran setzen, nicht mehr darüber reden, nicht mehr daran denken und nicht mehr darauf angesprochen werden. Aber diese Geschichte gehört nun einmal zu mir, ich habe Fehler gemacht, für die ich hart büßte, die ich bitter bereute und ich übernehme dafür die volle Verantwortung.

Tatsächlich habe ich es geschafft, alle Schwierigkeiten zu meistern und ein fulminantes Comeback aus dem Nichts heraus zu vollziehen. Und deshalb entschloss ich mich, nach Rücksprache mit meiner wunderbaren Frau Kerstin, ohne die ich diese Krise nie gemeistert hätte, es gerade jetzt, wo wir wieder so erfolgreich und glücklich sind, neu bearbeitet, zu veröffentlichen. Und zwar nicht als zu kaufendes Buch, sondern als ein Geschenk für jeden Menschen, den die Geschichte interessiert und der daraus für sich, sein Leben, seine Zukunft lernen möchte. Unterstützt mich deshalb bei meinem Bemühen, anderen Menschen zu helfen, und empfehlt dieses Gratis-Buch, das sich jeder Mensch kostenfrei downloaden kann, an möglichst viele Freunde, Arbeitskollegen, Familienangehörige, am besten an den gesamten Freundeskreis in den sozialen Netzwerken weiter. Es ist herunterzuladen unter: www.und-immer-wieder-aufstehen.de

Je größer der Schmerz, desto größer die Chance zu wachsen!

Anfang November 2002 wollte ich für elf Tage nach Österreich fahren, um dort mehrere Seminare zu halten. Mein älterer Sohn hatte in dieser Woche Schulferien. Um diese Zeit mit ihm zu nutzen, hatte ich mich entschlossen, bis zum Sonntag zu Hause zu bleiben. So konnte ich auch für die harten Seminartage, die vor mir lagen, Energie tanken. Nach einem gemütlichen Frühstück mit der ganzen Familie brach Kerstin auf, um Besorgungen zu machen. Ich fragte meinen Sohn, ob er Lust hätte mit mir zu spielen. Und dann spielten wir mehrere Spiele Mikado.

Plötzlich klingelte es an der Haustür. Es war Punkt zwölf Uhr. Unser Au-pair-Mädchen öffnete und kam ins Wohnzimmer.

Da sind wieder diese zwei Herren, die schon einmal da waren, sagte sie. Ich war überrascht und ging zur Eingangstür. Dort standen zwei Polizeibeamte von der Kripo Wirtschaft in Schweinfurt.

Herr Höller, können wir Sie bitte mal sprechen?

Natürlich, antwortete ich und dachte mir: Was wollen die schon wieder von mir? Ich ging mit ihnen in mein Büro. Der Kriminalkommissar schaute mich mit einem mitfühlenden Gesicht an – war das echt oder nur Fassade?

Herr Höller, es ist so weit, wir haben einen Haftbefehl, wir müssen Sie mitnehmen!

Ich blickte ihn fassungslos an und fühlte mich so, als sei ich eben mit Tempo 250 frontal gegen eine Betonmauer gefahren. Verhaftet, ich? Ja, aber warum denn? Ich bin doch kein Verbrecher, schoss es mir durch den Kopf. Was mir vorgeworfen wurde, war kein Geheimnis und schon lange bekannt. Dazu werde ich später noch Stellung nehmen.

Um mich drehte sich alles und mir gingen – ähnlich wie bei einem Unfall – unzählige Bilder durch den Kopf. Ich sah meine Frau, wie sie weint, die traurigen Augen meiner Kinder, die entsetzten Blicke meiner Familie, meiner Mitarbeiter, Freunde und Kunden. Diese Vorstellungen wechselten sich ab mit Fragmenten meiner Kritiker, Gegner, Konkurrenten und Feinde.

Nach fünf Sekunden, die mir wie eine Ewigkeit vorkamen, hörte ich wieder die Stimme des Polizeibeamten: *Herr Höller, packen Sie jetzt bitte einige Dinge zusammen, wir müssen Sie mitnehmen.*

Wie in Trance packte ich einen Kulturbeutel und etwas Wäsche in eine Sporttasche und zog mir einen Anzug an. Dabei gingen mir tausend Gedanken durch den Kopf. Gleich würde Kerstin heimkommen. *Bitte beeile dich, ich will dich doch noch einmal sehen! Du sollst es von mir erfahren.*

Meine Kinder spielten noch und warteten ungeduldig darauf, dass ihr Papa zurückkommen würde. Ich ging mit den Polizisten zu deren Auto, als Kerstin, die eingekauft hatte, vor unserem Haus vorfuhr. Sie sah sich um, riss die Autotür auf und fragte, was denn los sei. Ich sagte zu ihr: *Schatz, du musst jetzt stark sein. Ich bin verhaftet!*

Sie blickte mich fassungslos an und ich konnte erkennen, wie sich die Pupillen in ihren wunderschönen und zärtlichen Augen schockiert weiteten.

Nein, das können sie doch nicht tun, schluchzte sie und warf sich in meine Arme. *Er ist doch kein Verbrecher, warum wird er denn verhaftet?*

Es besteht Fluchtgefahr.
Fluchtgefahr? Ja, warum das denn?

Auch Kerstin begriff es nicht, da ich jeden beruflichen Auslandsaufenthalt zwei Wochen vorher angemeldet hatte. Auf private Auslandsreisen hatten wir verzichtet. Und nun Inhaftierung wegen Fluchtgefahr?

Man ließ uns noch zwei Minuten. Ich drückte erst Gino, unseren Hund, der instinktiv spürte, dass hier etwas nicht stimmte. Dann den zweijährigen Maximilian, der müde war und noch gar nicht verstand, was hier Schreckliches vor sich ging. Ich nahm meinen geliebten großen Sohn, Alexander, in den Arm. Ich wollte stark sein, ihn nicht belasten. Doch als ich ihm in die Augen schaute, konnte ich nur noch schluchzen: *Papa muss beruflich dringend weg, es wird vielleicht etwas länger dauern. Du bist ein starker, kluger und hübscher Junge. Ich liebe dich sehr!*

Dann umarmten sich Kerstin und ich, ehe der eine Polizist uns trennte. Ich stieg ins Auto, legte meine Hand von innen an die Scheibe, Kerstin ihre von außen. Wir sahen uns tränenüberströmt an, dann fuhr das Auto los. Ich sah durch die Heckscheibe nur noch wie Kerstin vor unserem Haus zusammenbrach.

Die Fahrt ins Polizeipräsidium erlebte ich wie in Trance. Ich kam zunächst in eine Zelle. Nach einem kurzen Telefonat mit meinem Anwalt hatte ich wenig Hoffnung auf eine schnelle Entlassung. Mit einigen Tagen musste ich also mindestens rechnen. Ich durfte nur die Kleider am Leib behalten, und meine kleine Bibel, die ich noch instinktiv von zu Hause mitgenommen hatte. Ich bekam einen Becher Leitungswasser, das abgestanden schmeckte, und war alleine. Allein in einem großen Wirrwarr an Gefühlen. Alles drehte sich in meinem Kopf. Fast siebzehn Stunden verbrachte ich nun in diesem Raum. Alleine und ohne alles. Es wurde eine Nacht des Grauens, mein schlimmster Alptraum.

Wenn ich nicht mehr konnte, stand ich auf und ging auf und ab. Fünf Schritte hin und wieder fünf Schritte zurück, wie ein gefangenes Raubtier im Käfig. Die Gedanken drehten sich im Kreis. Wie sollte es jetzt weitergehen? Was würde passieren? Wovon sollte meine Familie leben? Wie sollte die Firma ohne mich weiterlaufen? Wann würde ich meine Kinder wieder sehen? Ich fühlte mich am Ende. Ich war wütend auf Gott und machte ihm Vorwürfe. Ich ließ meinen Gefühlen freien Lauf und weinte hemmungslos – es war ja auch niemand da, den es hätte stören können.

Um neun Uhr fuhren wir nach Würzburg zum Gericht. Auf der Fahrt redete der eine Beamte pausenlos auf mich ein, obwohl ich meine Gedanken eigentlich sammeln wollte. Warum ich überhaupt an die Börse wollte, ich hätte doch einfach wie bis 1999 weitermachen und gutes Geld verdienen können. Er kannte alle Zahlen und wusste, dass die INLINE AG bis einschließlich 1999 immer Gewinne erzielt hatte. Tolle Erkenntnis, die war mir mittlerweile auch gekommen. Nachher ist man immer schlauer. Ich hatte an den Erfolg des Börsengangs geglaubt und alles riskiert – zu viel, wie ich heute weiß.

Als mein Anwalt kam, durfte ich ein paar Minuten mit ihm sprechen. Schließlich kam auch Kerstin. Wir fielen uns um den Hals, weinten, küssten uns und drückten uns ganz fest aneinander. Diese erste Verhandlung fand unter Ausschluss der Öffentlichkeit statt – auch Kerstin durfte nicht dabei sein. Es dauerte nur Minuten: Mir wurde der Haftbefehl ausgehändigt, ich musste unterschreiben und war dazu verurteilt, in den »Bau« einzurücken.

Gott sei Dank durfte ich mich noch von Kerstin verabschieden, die wie ein Häufchen Elend vor der Tür im Gang saß. Wir klammerten uns nur aneinander, so fest es ging. *Ich liebe dich,* hörte ich Kerstin unter Schluchzen sagen. *Ich stehe immer zu dir, wir schaffen das, hörst du, wir schaffen das!*

Oh, mein Liebling. Ich komme wieder zu euch. Ich lass mich nicht unterkriegen. Ich gebe nicht auf, niemals!

Lassen Sie es jetzt gut sein, versuchte uns der Polizeibeamte zu trennen.

Als wir in der Justizvollzugsanstalt Würzburg ankamen, musste ich mich komplett ausziehen. Dann durfte ich kurz duschen. Inzwischen wurden meine Sachen komplett durchsucht. Behalten durfte ich eine Unterhose und ein paar Socken. Anschließend schob mir der Beamte zwei Formulare hin, die ich doch bitte lesen und unterschreiben sollte. Das erste Formular bestand aus einer Erklärung, in der ich mich damit einverstanden erkläre, eine Einzelzelle mit einem weiteren Insassen zu bewohnen, also zwei Personen auf acht Quadratmetern.

Das zweite Formular bestand darin, dass ich mich damit einverstanden erkläre, dass bei einem evtl. Fluchtversuch auf mich geschossen werden darf.

Auf meine Frage, ob ich diese beiden Formulare unterschreiben müsse, antwortete der Beamte, dass dies ganz normal sei und jeder neue Gefangene so tätigen würde. Ich weigerte mich darauf hin mit dem Hinweis, dass ich erst mit meinem Anwalt sprechen wollte. Später wurde mir klar, dass ich einer der ganz großen Ausnahmen war, denn die allermeisten neuen Gefangenen unterschreiben in ihrem Schockzustand so alles, was man ihnen hinlegt – sogar das Einverständnis, dass man auf sie bei einem Fluchtversuch schießen darf.

Bis Montag bleiben Sie jetzt hier im Zugang, dann sehen wir weiter. Ich befand mich also in einem der so genannten »Zugangs-Zimmer«. Dorthin wurden neue Häftlinge verfrachtet, bis man wusste, wohin genau man sie legen würde. Ich war allein. Das Zimmer war etwa achtzehn Quadratmeter groß, und in ihm befanden sich Klo und Waschbecken, Esstisch und drei Etagenbetten für insgesamt sechs Personen.

WOW! Welches Bett sollte ich nehmen? Ich entschied mich für das allein stehende Etagenbett und bezog dort das obere Bett, da konnte ich mich zurückziehen, falls noch mehr Insassen eingeliefert werden würden. Außerdem hatte ich die Zimmerlampe über mir und konnte lesen.

Das Mittagessen kam. Es bestand aus einer Scheibe Gemüse-Bratling, etwas Soße und Salzkartoffeln, inzwischen nur noch lauwarm.

Kurz darauf kam mein erster Zimmerkollege herein: Wolfi. Fast zwei Meter groß, über hundert Kilo schwer, lange Haare, Diesel-Jacke, Stiefel, Typ: *Riesen-Baby.* Ich stellte mich vor und gab ihm die Hand – das Eis war gebrochen. Wolfi war ein ganz umgänglicher Zeitgenosse.

Später erfuhr ich, dass er schon zum fünfzehnten Mal in der *Kiste* sei. Von ihm wurde ich in die wichtigsten Abläufe des Knasts eingeweiht. Zunächst erfuhr ich, dass ohne *Antrag* praktisch nichts ging und auch nichts zu bekommen war. Von außen durfte man nichts außer Wäsche erhalten. Wie sich das mit dem Antrag in der Praxis auswirkte, erlebte ich am Beispiel eines Fernsehers, den ich gerne gehabt hätte.

Antrag auf Fernseher stellen. Die Prüfung dauert je nach Auslastung der Beamten sieben bis vierzehn Tage. Nicht vergessen: gleich ein Antennenkabel mit beantragen, sonst ist der ganze Fernseher wertlos und das Spiel geht von vorn los. Nach der Genehmigung kann man den Fernseher beim *Einkauf,* der zweimal pro Monat stattfindet, kaufen. Es kann aber durchaus sein, dass der nächste Einkauf erst in zwei oder sogar erst in drei Wochen stattfindet, so lange muss man sich dann eben gedulden. Man kann sich auch von außen einen Fernseher bringen lassen, der für eine Gebühr überprüft wird. Drei bis sechs Wochen dauert es also, bis man endlich etwas Ablenkung im Knast-Alltag erhält.

Wolfi wusste, dass es im Zuzug ein paar Bücher gab, die man sich ausleihen konnte. LESEN – ich war sofort Feuer und Flamme.

Als eine Stunde später der zweite Zellengenosse Thomas ankam, fragte ich den Beamten nach den Büchern. Tatsächlich: Im Gang gab es einen Schrank mit Büchern, alle uralt. Ich entschied mich für einen Simmel *Gott schützt die Liebenden*, im Jahr 1956 spielend. Ich hoffte sehr, es sei zumindest ein positiver Liebesroman – Pustekuchen! Am Ende starb die Frau und der Hauptdarsteller wanderte einsam und allein nach Brasilien aus – optimale Lektüre für jemanden, der kurz vor dem Zusammenbruch steht.

Wolfi staubte gleich noch einen Kugelschreiber ab. Nun, da ich lernfähig bin, bat auch ich um einen sowie um Papier, das ich dann auch, zusammen mit Kuverts und Antragsformularen, erhielt. So konnte ich gleich einen ersten ausführlichen Brief an Kerstin schreiben. Es gab nur ein Problem, ich hatte keine Briefmarken, konnte also den Brief nicht wegschicken.

Eine weiteres Problem war, dass Thomas rauchte und fünf Päckchen Tabak mitgebracht hatte. Duschen durften wir erst wieder in der kommenden Woche. Ich durfte als Untersuchungshäftling meine Zivilkleidung tragen.

Thomas war zweiundzwanzig Jahre alt und arbeitslos. Sie hatten ihn mit Shit erwischt und zu tausend Euro Geldstrafe verurteilt. Da er pleite war und nicht zahlen konnte, wurde er per Haftbefehl für zwanzig Tage *in den Bau* gesteckt. Ein netter Kerl, der seine Haftstrafe als Abenteuer ansah. *Da werden meine Kumpels große Augen machen, wenn ich ihnen erzähle, dass ich hier war und wie das hier abgeht*, schwärmte er begeistert.

Nach zwei Tagen war Hofgang, endlich frische Luft. Ich konnte es kaum erwarten. Als der *Schließer* kam, sprangen Thomas und ich begeistert auf. Seit über zwanzig Jahren leide ich unter starken Bandscheibenbeschwerden und wurde die letzten beiden Tage von starken Rückenschmerzen geplagt. Also, nichts wie raus jetzt! Lustlos trottete Wolfi mit uns in den Hof. Wir liefen durch endlose Gänge mit dutzenden von Türen und kamen endlich im Hof an. Die anderen Untersuchungshäftlinge waren bereits da. Der Hof hatte einen gefliesten Weg, der im Kreis gelaufen zirka neunzig Meter Umfang besaß. In der Mitte war Rasen, außen um den Weg ein paar Pflanzen. Es gab ein paar fest installierte Edelstahlstühle, drei Tischtennis-Platten aus Stein mit einem Netz aus Edelstahl, das dafür sorgte, dass nach jedem Spiel ein Ball defekt war. Eine Katastrophe, denn die Bälle mussten von den Häftlingen beim Einkauf selbst erworben werden. Schläger wurden von der Justizvollzugsanstalt gestellt.

Außerdem gab es noch einen kleinen Turm für das Wachpersonal. Der ganze Hof war mehrfach mit Zäunen, die teilweise elektrisch geladen waren, und einer hohen Mauer gesichert.

Als wir im Hof ankamen, wanderten alle Blicke auf mich. Nachdem am Freitag die Presse über meine Einweisung in die Justizvollzugsanstalt Würzburg berichtet hatte, wussten praktisch alle: *Der Höller kommt.*

211

Ungefähr achtzig Untersuchungshäftlinge befanden sich im Hof. Die meisten marschierten auf dem Weg immer im Kreis herum. Das Tempo gleichmäßig langsam. Einige der *Kollegen* grüßten mich oder winkten mir zu. Ein *Promi* war da, das verhieß ein bisschen Abwechslung im tristen Gefängnisalltag. Einer kam auf mich zu und gab mir die Hand. Iwan war fünfundreißig Jahre alt, gebürtiger Moskauer, mittlerweile aber Deutscher. Er lebte seit seinem zehnten Lebensjahr in Deutschland, hatte hier Abitur gemacht und studiert. In den letzten Jahren arbeitete er im Hotelgewerbe. Er wurde der Urkundenfälschung beschuldigt – bei einem Freund fand man anlässlich einer Razzia hundert falsche Pässe mit Iwans Foto. Er erzählte mir, dass er unschuldig sei. Fast jeder hält sich für unschuldig. Es interessierte mich nicht, ob er wirklich unschuldig war Er war intelligent und hatte Niveau. Ich konnte mich mit ihm auch über andere Dinge unterhalten als mit Wolfi und Thomas. Nach exakt einer Stunde ging's zurück in die Zelle.

Mein Selbstmitleid schlägt immer wieder um in Trauer und Angst, Angst, was geschäftlich werden soll, Angst, was mit mir werden wird. Angst, ob ich wieder zurück auf die Bühne kann, Angst, ob Kerstin alles packen wird, Angst um alles, was mir etwas bedeutet. Am fünften Tag ging es zum Arzt, eine kurze Untersuchung, dann durfte ich packen und endlich duschen! Ich war schon sprungbereit, um in die Untersuchungshaft verlegt zu werden, als ich abgeholt wurde: Besuch! Oh, mein Gott, Kerstin war da, sie hatte

Besuchsrecht erhalten, mir wurde es ganz heiß. Mein Herz pochte und schlug wie ein Dampfhammer.

Endlich war es so weit: Kerstin und ich fielen uns in die Arme, beobachtet von ein paar Beamten, die durch im Raum angebrachte Mikrofone jedes Wort, jede Berührung, jede Gemütsbewegung mitbekommen und aufnehmen. Es war einfach schrecklich entwürdigend. Wir konnten uns nicht zurückhalten: Wir hielten uns minutenlang einfach fest gedrückt in den Armen und weinten hemmungslos. Der ganze angesammelte Schmerz wollte heraus. Wir hielten uns, streichelten uns, bestärkten uns gegenseitig. Kerstin war mir eine großartige Stütze in diesem Moment, sie gab mir die Sicherheit, dort »draußen« etwas zu besitzen, für das es sich lohnt, all das zu durchleiden. Ich habe das große Glück, die fantastischste Frau der Welt zu besitzen. Sie ist so großartig. Die Minuten vergingen in rasender Geschwindigkeit. Noch drei Minuten, das gab's doch gar nicht! Hektisch umarmten wir uns, drückten unsere Körper ganz fest aneinander, es fanden sich unsere Zungen für ein paar Sekunden nur, aber diese Sekunden müssen vierzehn Tage reichen – zwei lange Wochen.

Die Zeit ist um. Heraus, heraus! Unsere tränennassen Gesichter trennen sich. Als Kerstin weg war, brach ich zusammen.

Meine lang andauernde Krise mit dem *Höhepunkt* meiner Inhaftierung hatte vieles bewirkt, mir wesentliche und ungemein wichtige Einsichten vermittelt, mein Denken, meine Einstellung zu mir selbst und zur Welt bereichert. Es mag seltsam klingen, aber trotz allem Schmerz, aller Wut, allen Zorns, aller Trauer, aller Niedergeschlagenheit, die ich in dieser Zeit verspürte, war auch diese bisher schwerste Zeit meines Lebens nicht nur wichtig, sie war gut. Denn diese Hammerkeule, die mich traf, hat mir deutlich gezeigt, dass ich in einer Einbahnstraße unterwegs war. Meine Krise gab mir die Gelegenheit zur inneren Reinigung und Erneuerung.

Millionen Menschen hatte ich in den vergangenen Jahren aufgezeigt, wie sie erfolgreicher ihr Leben gestalten können. Sie werden auch weiterhin funktionieren und sie sind gut und auch wichtig für die Menschen, die in dieser Welt leben. Dennoch hatte ich durch diese Krise eines verstanden: In meinen Seminaren habe ich immer propagiert, dass der ganzheitliche Erfolg auf fünf Hauptsäulen basiert:

1. Beruflicher Erfolg
2. Finanzielle Sicherheit
3. Gesundheit und Vitalität
4. Harmonische, lebendige Beziehungen
5. Soziales Engagement

Mittlerweile verstehe ich, dass dies nicht ausreicht, um wirklich glücklich zu sein. Man kann also beruflich an die Spitze kommen, dadurch zu finanzieller Freiheit gelangen, dank gesunder Lebensweise nicht nur gesund, sondern vital und voller Energie sein, viele Beziehungen pflegen und sich sozial engagieren und trotzdem eine Art Leere empfinden. Es gibt das Gefühl:

Es reicht noch nicht, ich bin noch nicht am Ziel, irgendetwas fehlt doch noch. Doch was? Was soll fehlen? Alle Hauptsäulen sind aufgebaut, kräftig und stabil. Alles, von dem man jemals in seinem Leben träumte, auch geistige und ideelle Ziele, sind vollbracht, erreicht, Realität geworden. Und doch spricht diese innere Stimme in einem, erst leise, man will sie verdrängen, denn man hat dank seiner Lebensphilosophie doch so viel erreicht bis jetzt. Doch die Stimme wird lauter, drängender, sie lässt sich nicht so einfach das Wort verbieten, sie bohrt im Innersten und will, dass man sie beachtet, sich ihr stellt, ihre Fragen beantwortet: War's das jetzt? Bist du glücklich? Hast du den Sinn des Lebens, deines Lebens, wirklich verstanden? Hast du den Sinn des Lebens gelebt? Glück, was ist das? Wie und wann bekommt man es? Kann man es erwerben, vielleicht sogar kaufen?

Die Werbung suggeriert uns: Kaufe die Rolex und du bist ein wertvollerer Mensch! Kaufe den Porsche und du bist bedeutend und glücklich! Kaufe die Kosmetik, dann bist du schöner und dadurch glücklicher. Doch sind wir dann wirklich glücklich und wenn ja, für wie lange?

Untersuchungen zeigen längst auf, dass alles »Äußere«, alles Materielle nur zehn Prozent unseres Glückes ausmachen. Wie ist das denn beim Kaufen: Wir erwerben etwas und tatsächlich – in diesem Augenblick sind wir glücklich. Wir sitzen im Sterne-Restaurant und genießen – wir fühlen uns in diesem Moment glücklicher. Wir ziehen das neue Kostüm, den neuen

215

Designer-Anzug an und fühlen uns in diesem Augenblick fantastisch – also glücklich. Ist Glück also doch käuflich?

Nein, das kann ich aus meiner heutigen Erfahrung heraus sagen. Ich hatte alles, wirklich alles, was sich ein Mensch materiell, aber auch geistig erträumen kann. Ich fuhr den Ferrari, ich besaß die goldene, mit Diamanten besetzte Rolex, ich wohnte in einer Luxusvilla mit parkähnlichem Garten, Schwimmbad, Sauna und wer weiß was alles noch. Ich trug die teuersten Designer-Anzüge und wohnte in den besten Sechs-Sterne-Hotels der Welt, angereist natürlich erster Klasse und abends im Sterne-Restaurant der 89er Barolo. Und dazu war ich kerngesund, hatte eine wunderbare Frau, zwei tolle Kinder, wurde von vielen tausend Menschen bewundert und angehimmelt, die Presse riss sich um mich, ich lernte ständig dazu, entwickelte mich also geistig weiter, übernahm und vermittelte tausende von Kinderpatenschaften in der dritten Welt, also alles wunderbar – und trotzdem: Irgendwie war da die innere Stimme!

Und was jetzt, Jürgen? Statt Olympiahalle München lieber in fünf Jahren das Olympiastadion? Statt Gold-Rolex die Platin-Rolex? Willst du das wirklich? Und wenn du es hast, was dann? Bist du dann glücklich? Oder erst, wenn du die ›ganze Welt‹ erobert hast?

Diese Stimme wurde in den letzten Jahren lauter, bohrender. Ich wich aus. Ich hatte das Gefühl, unzählige Menschen zu enttäuschen, wenn ich sagen würde: *Hört mal her, da gibt's noch was!*

Heute bin ich mir sicher, so merkwürdig sich das anhören wird, dass alles, was mir passierte, notwendig war, um mir klar zu machen, was ich nicht hören wollte, nicht zuließ.

Und warum? Es erfordert mehr, wenn man das Glück finden will. Denn das käufliche Glück ist tatsächlich eine Form des Glücks, es ist da, du fühlst es tatsächlich – aber nur kurz. Das Glück verflüchtigt sich rasch, zu rasch. Du kannst es nicht festhalten. Es verschwindet rasend schnell, weil du dich an das, was es erzeugt hat, rasch gewöhnst. Und durch die Gewöhnung schwindet das eben noch existierende Glück. Und du gibst dir den nächsten Kick.

Um wirklich glücklich sein zu können, müssen wir lernen, Leid zu akzeptieren. Leid gehört zum Leben, es ist die Hälfte unseres Lebens. In jedem Leid steckt nach dem Gesetz der Polarität bereits das Samenkorn des Glücks. Wir müssen es nur verstehen, das Bewusstsein dafür zu entwickeln. Wenn wir dieses Bewusstsein besitzen, dann wissen wir, dass Leid uns nichts mehr anhaben kann, denn das Glück ist ja bereits da. Ich leide nicht mehr, denn mir ist bewusst, dass ich auch das Glück wieder empfinden werde.

Und was das Glück betrifft, so sollte uns klar sein, dass dieses nur ein Gefühl ist. Viele Menschen, die sich mit dem Thema Glück beschäftigen, sind der Meinung, Glück wird erzeugt durch Lust und Genuss. Diese Aussage ist bestimmt richtig und ich kann sie bestätigen: Was ist es für eine Lust, nach vier Tagen Kerker duschen zu können – auch noch warm! Oder die erste Tasse Kaffee nach fast zwei Wochen, frisch gebrüht im Filter, duftend, aromatisch – welch ein Genuss, welches Glücksgefühl!Oder die erste Zeitung – gekauft beim Einkauf im Knast –, der Welt und dem Geschehen dort draußen wieder angeschlossen zu sein, welches Glück – gekauft und dennoch Glück erzeugend. Oder die erste Banane, so süß, so duftend, so herrlich gelb, in diesem Fall gekauftes Glück.

Oh, ich weiß es, ich habe es erfahren, erlebt, durchlitten: Man kann das Glück kaufen, es funktioniert – aber nur für kurze Zeit. Denn der Mensch hat einen inneren Mechanismus, alle Menschen haben ihn – alles zu automatisieren, sich an fast alles zu gewöhnen. Und so wird aus dem einmaligen Genuss schließlich etwas Schönes, dann etwas Angenehmes und schließlich etwas Normales. Somit muss die Dosis gesteigert werden, um noch ein Glücksgefühl empfinden zu können – oder wir ändern unsere ganze Einstellung. Will ich damit ausdrücken, dass wir ab sofort alle in Felle gehüllt, ohne Wasser und Strom in einem Zelt im Wald leben sollen?

Nein, denn Genuss und Lust sind in uns angelegt, sie sind Urtriebe, genau wie bei jedem Tier. Aber der Mensch ist dem Tier überlegen, er hat die freie Wahl. Und wenn ich bemerke, dass ich in der materiellen Welt viel erreicht habe, aber trotzdem ein Vakuum in mir spüre, bewusst oder unbewusst weiß, dass ich meinem Glück, das ich anstrebe, nicht näher gekommen bin, dann muss ich als Mensch anfangen, Fragen zu stellen.

Leid ist ein Grund für Glück, denn im Leid ist das Samenkorn des Glücks bereits gelegt. Alles, was passiert, hat seinen Sinn. Und da Glück immer nur eine Frage des Moments, des Augenblicks ist, können wir auch immer nur im Moment, im Augenblick glücklich sein. Die Kunst ist es deshalb, in der Lage zu sein, in jedem Augenblick glücklich zu sein. Denn jeder Augenblick zählt!

Und das, genau das, habe ich, ausgerechnet im Knast gelernt. Im Augenblick zu leben, im Hier und Jetzt. In jedem Moment etwas Glück zu empfinden: In jeder Kleinigkeit, einfach in jeder Sache, in der kleinen Schokolade, im Einkauf, im Gottesdienst, beim Joggen, beim Lesen, an der frischen Luft, unter dem blauen Himmel, in den Minuten des Besuchs, beim Aufschluss, beim Duschen, in der frischen Banane, in dem sauber geputzten Zimmer, in den Briefen, und, und, und …

Denn jeder Augenblick zählt!

Mein Leben lang bin ich dem Glück nachgelaufen. Aber wer dem Glück nachläuft, erwischt es nicht – es ist schneller als wir. Und so steigern wir die Anstrengung, die Geschwindigkeit – und erwischen es doch nicht. Denn das Glück ist nicht vor dir, es war schon immer da, ist immer da, wird immer da sein in dir!

Dieses Bewusstsein, von dem ich spreche, kann man auch als Wachheit bezeichnen. Wenn ich wach bin, aufmerksam, dann empfinde ich das Glück. Ich brauche es nicht einmal zu finden, geschweige denn zu suchen – es ist ja schon da, immer, zu allen Zeiten, bei jedem Menschen. Um diese Wachheit, dieses Bewusstsein zu entwickeln, gibt es ein paar gute Übungen:

1. Zufriedenheit. Kein Glück ohne Zufriedenheit. Schreibe jeden Abend in ein besonderes Buch: Womit bin ich heute zufrieden? Was ist mir gut gelungen?

2. Dankbarkeit. Schreibe täglich in ein Dankbarkeits-Buch auf, wofür du heute dankbar bist.

3. Glück. Schreibe dir täglich in dein Glücks-Tagebuch auf: Wann war ich heute glücklich?

Gerade bei der dritten Übung werden viele Leser der Meinung sein, dass sie an manchen Tagen nichts zum Aufschreiben haben, doch das stimmt nicht. Selbst in der Haft fand ich jeden Tag genügend Momente, in denen ich glücklich war. Es funktioniert, probier es doch aus. Was hast du schon zu verlieren? Nichts, außer ein bisschen Zeit. Und was hast du zu gewinnen? – Alles! Im Laufe der Zeit wirst du viel bewusster dein Leben sehen, das Glück im Moment aufmerksam erkennen und genießen. In Momenten des Leids wissen, dass es vorbeigeht, und selbst im Leid noch Glücksmomente genießen.

Jetzt, da mein Ruf, mein Image angekratzt sind, jetzt, am tiefsten Punkt meines Lebens, jetzt bin ich plötzlich frei! Frei zu denken, zu schreiben und zu reden. Ich bin frei in meinem Geist – auch wenn mein Körper gefangen ist. Ja, jetzt kannst auch du eine Entscheidung treffen. Du musst nicht, du hast die freie Wahl. Treffe sie richtig, für dein Glück, ich wünsche es dir!

Ich möchte meine Strategien zusammenfassen, die mir bei der Bewältigung meiner Lebenskrise geholfen haben und immer noch helfen.

Strategie 1: Bewusste Trauerarbeit.

Eine Niederlage ist oft die Saat des Erfolges! Zunächst einmal ist es nach einem Schicksalsschlag wichtig, dass man seine Trauer, sein Leid bewusst wahrnimmt und auch auslebt. In den ersten Nächten in meiner Zelle wachte ich oft nachts auf und konnte nicht mehr schlafen. Mich quälten wirre Gedanken, abstruse Ängste und ich wurde immer wieder von Heulkrämpfen geschüttelt. Dies ließ ich ganz bewusst zu, denn dadurch bauten sich meine negativen Emotionen ab. Allerdings ist es wichtig, sich nicht zu lange im Selbstmitleid zu suhlen, denn die Gefahr besteht, dass dies zu einer Gewohnheit wird. Das Gehirn lernt schnell und nach zwanzig Tagen regelmäßigen Selbstmitleids ist das Selbstmitleid bereits ein Teil deines Charakters und damit ein Teil deiner Persönlichkeit geworden. Lasse Trauer und Selbstmitleid zu, aber lieber intensiv und dafür kurz. Jeder, der einem anderen Menschen in einer Lebenskrise beisteht, soll diesen emotionalen Zusammenbruch zulassen. Es ist wichtig, diesen Prozess keinesfalls zu unterbrechen oder den Betroffenen abzulenken, sondern erst einmal den ganzen Emotionswust zu akzeptieren. Danach jedoch solltest du bewusst und tatkräftig daran arbeiten, auch wieder positive Gefühle zuzulassen, damit der negative Zustand nicht auf Dauer anhält.

Wir werden von dem geformt und gebildet, was wir lieben.
JOHANN WOLFGANG VON GOETHE

Strategie 2: Die wahren Freunde herausfiltern.
In einer schweren Lebenskrise wirst du erfahren, welche Menschen deine wahren Freunde sind, wer loyal und unerschütterlich zu dir steht – und wer nicht! Vermutlich hast du Fehler gemacht, sonst wärst du nicht in dieser Krise. Ich habe auch vieles falsch gemacht und muss vieles selbst verantworten. Wahre Freunde aber werden dir trotz deiner Fehler beistehen. Bei mir war es allen voran Kerstin. Ich war mir sicher, dass Kerstin zu mir stehen würde, aber eine solche große Krise mussten wir noch nie gemeinsam bewältigen. Natürlich gab es immer wieder kleinere Auseinandersetzungen in den zwölf Jahren unserer Partnerschaft. Wir beide hatten einige Wellentäler zu durchschreiten.

Geteilte Freude ist doppelte Freude, geteiltes Leid ist halbes Leid. Das Sprichwort kann ich nur bestätigen. In der ganzen Krisenzeit riefen zahlreiche Freunde und Geschäftspartner bei mir an, die durch den Presserummel von meiner schwierigen Lage gehört hatten. Es tat unendlich gut, von ihnen Beistand zu erfahren und zu hören, dass, egal was passieren würde, sie mir immer beistehen und helfen würden, wieder nach oben zu gelangen. Auch dass einige anriefen, um zu fragen, ob sie vorbeikommen sollten, half mir damals sehr. Allerdings hatte ich das große Glück, Freunde an meiner Seite zu haben, die mir nicht vor jammerten, wie schlimm dies alles sei und dass das ja wohl das Ende meiner Karriere bedeuten würde, sondern die mich aufbauten, die mich ermutigten, die mir sagten, ich schaffe es wieder. Die mir sagten, ich würde das schon schaffen. Die mir rieten, an mich zu glauben und niemals aufzugeben – so wie ich es ihnen immer geraten hätte.

Du wirst also erfahren, wer deine wahren Freunde sind. In der Krise trennt sich nämlich die Spreu vom Weizen. Freunde, die du als deine besten angesehen hast, melden sich plötzlich nicht mehr. Oder sie finden gar Gründe dafür, warum du es verdient hast. Auf so etwas musst du in der Krise gefasst sein. Und trotz dieses Wissens wird es immer wieder wehtun. Wahre Freunde hingegen stehen zu dir, egal, was du verbrochen hast. Andererseits werden Menschen auf dich zukommen, von denen du es nie geglaubt hättest. Es werden sich Freunde, Bekannte oder Verwandte um dich kümmern, mit denen du vielleicht im Streit liegst oder zu denen du seit längerem keinen oder nur losen Kontakt hattest. Es werden sogar fast vollkommen Fremde auf dich zukommen und dir ihre Hilfe anbieten. Solltest du auch eine geschäftliche Krise wie ich erleben, wirst du auch erkennen, wer die Mitarbeiter, Lieferanten und Partner sind, auf die du wirklich zählen kannst. Die größte Abkehr erlebte ich im Kreise meiner Trainerkollegen und bei den so genannten VIP's. Anscheinend hatte sich in den letzten Jahren so großer Neid entwickelt, der sich nun in Form von Diffamierungen oder Kontaktabbruch Bahn brach. Als sich die Krise bei mir abzeichnete, hatte sich sogar jemand dazu hinreißen lassen, einen diffamierenden

223

Artikel des Schweinfurter Tageblatts anonym an viele meiner Trainerkollegen zu schicken. Heute, mit einem zeitlichen Abstand und mit etwas mehr menschlicher Reife, verzeihe ich diesen Menschen. Damals aber verspürte ich Wut, Ärger und Enttäuschung. Lass dich nicht enttäuschen, sondern freue dich über den Zuspruch der Menschen, die sich in der Krise als wahrlich wichtig für dich erweisen. Und vergiss niemals, diesen Menschen dann auch deinerseits in Zukunft zur Seite zu stehen!

Wohin ich auch blicke,
erwachsen aus Problemen Chancen!
NELSON ROCKEFELLER

Strategie 3: Was will mir die Krise sagen?

Als ich mir selber die Frage stellte, was das Leben mir mit dieser Krise mitteilen möchte, erhielt ich die Antwort, dass ich mich durch den geplanten Börsengang letztendlich von meiner ursprünglichen Aufgabe, nämlich möglichst vielen Menschen dabei zu helfen, erfolgreicher und glücklicher zu sein, entfernt hatte. Der geplante Börsengang hatte viele Mitarbeiter, auch und gerade in den Führungspositionen, ins Unternehmen gelockt, die nur Dollarzeichen in den Augen hatten. Denen es nicht um die Menschen, nicht um die Aufgabe, sondern allein um das Geld ging. Um keine Missverständnisse aufkommen zu lassen: Ich finde es durchaus legitim, mit der Tätigkeit, der man nachgeht, gutes Geld zu verdienen. Aber ich glaube, dass das Geld nur an zweiter Stelle stehen darf. Die wirkliche Herzensangelegenheit muss sein, den Menschen mit unserer Sache helfen, ihnen einen Nutzen geben zu wollen.

Strategie 4: Was wäre das Schlimmste, was passieren könnte?

Diese Frage zu beantworten, davor haben wir panische Angst. Aus irgendeinem Grund weigern wir uns, uns das Schlimmstmögliche vorzustellen. Vielleicht ist dies auch eine Art Schutzmechanismus der Natur, wer weiß? Aber es geht nicht darum, dass wir es uns permanent vorstellen, es geht darum, dass wir das Schlimmstmögliche akzeptieren, wenn es denn eintreten würde. Es akzeptieren heißt ja noch lange nicht, dass wir nicht mit aller Macht daran arbeiten, es zu verhindern. Aber wenn es denn so sein sollte, dann ist es eben so. Mach einmal die Übung: Was wäre das Schlimmste, was passieren könnte? So gehst du dabei vor:

1. Schreibe detailliert auf, was aus deiner Sicht das Schlimmste ist, was passieren könnte.

2. Überlege, was wäre, wenn es passieren würde!

3. Akzeptiere, dass es passieren könnte!

4. Frage dich zum Schluss: Ist es wirklich berechtigt, vor dem Schlimmstmöglichen eine solch große Angst zu haben?

Strategie 5: Finde deine Hauptprobleme heraus

Wenn wir uns in einer schweren Krise befinden, dann sehen wir uns meist Dutzenden von Einzelproblemen gegenüber. Alles dreht sich in unserem Kopf und wir können keinen klaren Gedanken mehr fassen. Folglich gelingt es uns nicht, Entscheidungen zu treffen und zu handeln. Erster Schritt ist für mich stets, ein Blatt Papier zur Hand zu nehmen und sämtliche meiner Probleme aufzuschreiben. Anschließend filtere ich die Hauptprobleme heraus und konzentriere mich gänzlich darauf, hierfür Lösungsansätze zu finden. Interessanterweise werden dadurch die vielen kleinen Probleme mit gelöst.

Strategie 6: Setze dir neue Ziele!

Wer sein Ziel nicht kennt, für den ist kein Weg der richtige. Angesichts der verzweifelten Lage, in der ich mich befand, waren schlagartig alle Ziele wie weggewischt, ich hatte schlichtweg keine mehr. Und dennoch war mir klar, dass ich unbedingt neue Ziele finden müsste. Zunächst einmal setzte ich mir Baby-Ziele. Das erste Ziel bestand darin, dass ich meinen Gefängnis-Alltag strukturierte und mir vornahm, mich nicht gehen zu lassen. Setze dir neben diesen Nahzielen ein 30-Tages-Ziel:

Wo will ich in 30 Tagen sein? Was soll in 30 Tagen erreicht sein? Formuliere es in der Ist-Form, kurz und knapp! Überlege dir ein 90-Tages-Ziel: Wo will ich in drei Monaten angelangt sein? Setze dir des Weiteren ein 180-Tages-Ziel: Wo stehe ich in sechs Monaten?

Innerhalb dieser Sechsmonatsfrist planst du dein Leben komplett neu, indem du dir mittel- und langfristige Ziele setzt. Du wirst dabei vielleicht entdecken, dass deine alten Ziele nicht mehr wichtig sind. Wahrscheinlich sogar findest du neue Ziele! Oder aber du startest einen erneuten Anlauf, deine alten Ziele, die nunmehr in unerreichbare Ferne gerückt sind, noch einmal mittels einer neuen Strategie anzupacken. Setze dir in jedem Fall Ziele, denn Ziele geben deinem Leben einen Sinn. Ich setzte mir auch hier im Knast klare Ziele und halte mich an konkreten Bildern fest. Ich stelle mir vor,

– wie ich den ersten Ausgang erlebe,

– wie ich das Weihnachtsfest mit der Familie erlebe,

– wie ich entlassen werde,

– wie ich wieder auf der Bühne stehe,

– wie ich an diesem Tag topfit bin,

– wie ich meine Familie wieder in Freiheit in die Arme schließe.

Der menschliche Geist kann den Himmel in eine Hölle und die Hölle in einen Himmel verwandeln.

Strategie 7: Think positive!

Alles hat seinen Sinn! Auf den ersten Blick mag es schwer nachvollziehbar sein, doch vielleicht machen auch Niederlagen einen Sinn? Spielst du Karten? Oder hast du früher einmal Karten gespielt? Nun, bei einem Kartenspiel ist jede Karte wichtig – aber eine Karte alleine entscheidet nicht, ob du am Ende der Gewinner oder der Verlierer bist. Entscheidend ist, wie sich diese eine Karte in das Gesamtblatt integriert. Die Summe der verschiedenen Karten ist es, die über das Ergebnis entscheidet. Eine einzelne Niederlage entscheidet noch nicht darüber, wie es letztendlich weitergeht. Genau das passiert im Leben. Eine Niederlage alleine entscheidet noch nicht über dein Leben.

Notiere folgende zwölf Strategien zur Bewältigung von Lebenskrisen:

1. Strategie: Schreibe die fünf größten Krisensituationen in deinem Leben auf, die du als äußerst belastend, als äußerst negativ oder vielleicht sogar als zerstörerisch empfunden hast: Schreibe dann zu jeder der fünf Katastrophen auf, was sich – mit zeitlichem Abstand – Positives daraus für dich ergeben hat: Ist das Ergebnis nicht erstaunlich? Zum Schluss überlege, welche Erkenntnisse du daraus gewinnst:

2. Strategie: Die Macht des Lachens. Der Amerikaner Lee Berk, von Beruf Neuro-Immunologe, hat festgestellt, dass Kinder vierhundert mal am Tag lachen – ein Erwachsener jedoch nur noch fünfzehn mal. Das bedeutet, dass wir umso weniger lachen, je älter, je erwachsener wir werden. Wie mögen wohl die Forschungsergebnisse im deutschsprachigen Raum ausfallen? Bei uns ist es doch oft schon verdächtig, wenn man fröhlich ist. Manchmal scheint es mir, als besäße in Deutschland nur der Schwermut einen hohen Wert. Und Fröhlichkeit, Lachen, Humor, Optimismus und eine positive Lebenseinstellung dagegen gelten als oberflächlich und banal. Dabei gilt doch eher Folgendes: Lachen ist Fitnesstraining für die Seele! Der heutige Tag ist das Samenkorn deiner Zukunft. Je weniger sich ein Mensch zurückerinnert an seine Niederlagen, an seine Krisen, desto erfolgreicher und glücklicher wird er sein.

Die Gedanken und Gespräche wenig erfolgreicher Menschen drehen sich häufig um ihre Niederlagen und Katastrophen, nicht so jedoch die Gedanken und Gespräche erfolgreicher Menschen. Gewinner denken und reden häufiger über das, was ihnen geglückt ist, was positiv verlaufen ist, als über ihre Misserfolge. Verlierer verlängern durch ihre negativen Gedanken und Gespräche ihre Niederlagen, Gewinner dagegen durch ihre positiven Erfolge. Bedenke also: Was du denkst und sagst, programmiert dein Unterbewusstsein zugleich für die Zukunft: Je positiver du denkst und sprichst, desto erfolgreicher ist deine Zukunft. Je negativer du über deine Zukunft denkst und sprichst, desto erfolgloser wird sie sein.

3. Strategie: Sei dankbar! Als ich nach meiner Verhaftung in einem Meer aus Selbstmitleid badete und mental vollkommen am Boden war, wusste ich wirklich nicht mehr, wie es in meinem Leben weitergehen sollte. Ich war verletzt, enttäuscht, verzweifelt, energielos. Mein ganzes Lebenswerk war zerstört. 16 Jahre Aufbau und mit einem Schlag vernichtet. Wer würde mir noch glauben? Was würde ich fortan tun können? Würde überhaupt noch ein einziger Mensch zu mir stehen? Diese und viele ähnliche negative Gedanken wirbelten mir durch den Kopf. Inzwischen bin ich zu der Überzeugung gelangt, dass es nicht die Umstände sind, die darüber bestimmen, ob wir glücklich oder unglücklich sind, sondern wir selbst. Denn Glück oder Unglück sind lediglich Gefühle, die ausschließlich in unserem Kopf entstehen. Ich habe Rollstuhlfahrer

kennen gelernt, die sich glücklich fühlen, und ich habe reiche, berühmte Menschen kennen gelernt, die sich mit Drogen betäubten, weil sie sich unglücklich fühlten. Der eine Mensch hat einen Verkehrsunfall, wacht auf, stellt fest, dass er ein Bein verloren hat, und stürzt in eine tiefe Depression. Ein anderer Mensch hat einen Unfall mit den gleichen Folgen, wacht auf und freut sich, dass er noch am Leben ist und in kurzer Zeit mithilfe einer Prothese wieder laufen lernen wird und das Leben genießen kann. Es ist entscheidend, sich auf das zu konzentrieren, was man hat und was man kann, und nicht, auf das, was man nicht mehr oder noch nicht kann und hat!

In diesen Tagen machte ich eine kleine Übung. Auf einem großen Blatt Papier schrieb ich alles auf, wofür ich in meinem Leben dankbar bin. Es wurde eine lange Liste, und je länger ich schrieb, desto ruhiger und zufriedener wurde ich. Ich hatte allen Grund, im Leben dankbar zu sein. Ich habe mein Hab und Gut, ich hatte vielleicht sogar einen Teil meines guten Rufes verloren – aber es gibt so viel, was ich noch besitze. Was für ein unglaublicher Narr war ich doch. Dankbar zu sein ist eine der wichtigsten Eigenschaften, die ein Mensch besitzen kann. Denn dankbar zu sein macht demütig und vor allen Dingen – es macht glücklich!

Wie wäre es, wenn du jetzt einmal aufschreibst, wofür du in deinem Leben dankbar bist? Nimm dazu mehrere Blatt Papier zur Hand, denn ich bin sicher, dass dir eine Menge einfallen wird.

Die meisten Menschen sind so glücklich,
wie sie sein wollen.
ABRAHAM LINCOLN

4. Strategie: Sei demütig! In irgendeinem Buch las ich einmal folgende Geschichte: *Ein Mann besuchte seinen alten Freund, der auf dem Sterbebett lag. Er war schwach und hatte nur noch wenige Wochen zu leben. Der Mann erwartete, dass er seinen Freund deprimiert und verzweifelt vorfinden würde. Doch davon keine Spur: Fröhlich begrüßte er ihn in seinem Krankenbett: „Sag, alter Freund, warum bist du so fröhlich? Ich un deiner Stelle wäre, ehrlich gesagt, eher verzweifelt und depressiv. Warum bist du so glücklich?" „Weil ich heute Morgen aufwachte und lebte!", lächelte sein Freund.* Diese Antwort drückt tiefe Demut aus. Und als ich mich an diese Geschichte erinnerte, wurde mir klar, wie hochmütig ich immer noch war. Egal, was passieren wird, es geht mir immer noch besser als wahrscheinlich achtzig Prozent der Weltbevölkerung. Egal, was geschehen wird, es gibt immer noch so viel Schönes in meinem Leben. Ich muss einfach lernen, noch demütiger zu sein: Ich alleine bin nicht der Mittelpunkt der Erde!

Ich schlief und träumte, das Leben sei Freude.
Ich erwachte und sah, das Leben ist Dienen,
Ich diente und entdeckte: Dienen ist Freude!
RABINDRANATH TAGORE

231

5. Strategie: Stelle die richtigen Fragen! Unser Gehirn hat die Angewohnheit, auf bestimmte Fragen hin bestimmte Antworten zu produzieren, sozusagen fast reflexartig. Oder anders ausgedrückt: Je nachdem, wie wir die Frage stellen, werden wir unterschiedliche Antworten erhalten. Wer sich in einer Krise immer wieder die Frage stellt: *Warum passiert das ausgerechnet mir, warum bin ich so schlecht, warum habe ich diese Krise?*, der wird die Antwort erhalten: *Ich habe die Krise, weil ich ein Versager bin. Ich habe die Krise, weil ich falsch gehandelt habe! Ich habe diese Krise, weil ich schlecht bin!*

Das ist auch die Krux bei vielen Psychotherapeuten: Bei der klassischen Analyse nach Sigmund Freud weiß der Patient schließlich nach vielen Therapiestunden genau, warum er ein Problem hat – nur das Problem hat er immer noch! Weitaus besser ist es, über den natürlich wichtigen Erkenntnisprozess hinaus dazu überzugehen, neu zu denken und neu zu handeln. Wenn Menschen einen Schicksalsschlag erleiden, fragen sie sich fast augenblicklich: *Warum gerade ich?* Aber stopp, Vorsicht! Ab sofort solltest du dich fragen:

1. Was soll ich daraus lernen?

2. Was gibt es in dieser Situation Positives?

3. Was kann ich anders oder auch besser machen?

4. Welche Ziele setze ich mir?

6. Strategie: Autosuggestion. Über diese Technik wird oft gelächelt, vielleicht weil sie so einfach und banal erscheint. Stell dich vor einen Spiegel und blicke dir direkt in die Augen. Und dann sprich mit

ausdrucksvoller Stimme ein paar positive Suggestionsformeln. Wiederhole diese Übung möglichst oft, solange du dich in der heißen Phase deiner Krise befindest. Später empfehle ich, die Autosuggestion einmal am Tag für fünf Minuten zu betreiben.

Dies sind meine zehn goldenen Autosuggestionen:

1. Ich bin ein Gewinner!

2. Ich schaffe es!

3. Ich erreiche meine Ziele!

4. Ich vertraue und lasse los!

5. Ich liebe mich und ich liebe die Menschen!

6. Ich bin konzentriert!

7. Ich bin begeistert!

8. Ich bin der Beste!

9. Ich verzeihe!

10. Es geht mir von Tag zu Tag und in jeder Hinsicht immer besser und besser und besser!

Je öfter du diese Übung wiederholst, desto stärker wirst du diese Suggestionsformeln in deinem Unterbewusstsein verankern. Durch jede Wiederholung wird die Wirkung der positiven Affirmation stärker und stärker. Solltest du zu diesem Thema, oder generell zum Thema Unterbewusstsein, mehr wissen wollen, empfehle ich dir mein Buch *Alles ist möglich*. Es ist übrigens auch als Hörbuch erschienen.

7. Strategie: Visualisierungstechnik. Stell dir vor, wie es ist, wenn du deine Probleme, deine Lebenskrise überwunden hast. Stelle es dir bildhaft vor. Höre die Stimmen, die Geräusche, spüre das Gefühl in dir, rieche

das, was in der Luft zu riechen ist, und so weiter. Je stärker du deine Sinnesorgane auf diese Vorstellung konzentrieren kannst, desto stärker wird sie sich in deinem Unterbewusstsein verankern.

Alles Denkbare ist auch machbar!
ALBERT EINSTEIN

Für Sportler ist die Visualisierungstechnik heute unabdingbarer Bestandteil ihres täglichen Trainingsprogramms. Sie stellen sich zum Beispiel vor, wie sie den optimalen Aufschlag beim Tennisspielen oder den perfekten Skisprung machen. Nutze auch du diese fantastische Möglichkeit und programmiere dein Unterbewusstsein auf eine positive Zukunft.

8. Strategie: Mentale Suggestionskassetten oder CDs. Mentale Suggestionen hört man am besten im entspannten Zustand, am allerbesten unmittelbar vor dem oder zum Einschlafen. Es macht nichts, wenn du dabei einschlafen solltest, denn dein Sinneskanal Ohr schläft nie. Die positiven Suggestionsformeln werden – auch wenn du schläfst – ihren Weg ins Unterbewusstsein finden. Auch diese Technik ist näher beschrieben im Buch *Alles ist möglich*.

Bei den vorgestellten Techniken Nr. 6, 7 und 8 handelt es sich um mentale Trainingstechniken. Im Sport schon seit Jahren bekannt, haben sie insbesondere in den früheren Ostblockländern für den entscheidenden Unterschied im Kampf um Sieg oder Niederlage gesorgt. Heute halten die mentalen

Trainingstechniken immer mehr Einzug in den Bereich der Wirtschaft und des normalen Lebens. Unser Unterbewusstsein ist formbar wie Wachs, es ist quasi ein Gefäß, das gefüllt werden will. Alles, was wir über die Sinnesorgane aufnehmen, aber auch alles, was wir denken, beeinflusst unser Unterbewusstsein. Demzufolge liegt es an uns, was wir hinein füllen. Egal, welche Schicksalsschläge wir erleiden müssen: Das, was du in dein Unterbewusstsein hinein füllst, wird auch herauskommen!

9. Strategie: Lesen. Lesen ist so wichtig, es bildet unser Bewusstsein – noch mehr als unser Unterbewusstsein. Schon seit 1985 lese ich jeden Tag im Durchschnitt eine Stunde, etwa vierhundert Stunden im Jahr. Das bedeutet jede Woche ein gelesenes Buch, fünfzig pro Jahr, 1000 Bücher in zwanzig Jahren. Auch im Knast versuchte ich, soviel wie möglich zu lesen, Bücher über Spiritualität, Biographien und vor allem auch die Bibel. Und mit jedem Buch wächst meine Kraft, meine Hoffnung, mein Mut, mein Glaube!

Strategie 10: Besiege deine Ängste!

Angst ist wie Gift: Ein bisschen wirkt oft wie Medizin, zu viel jedoch kann tödlich sein! Zunächst einmal ist es wichtig zu verstehen, dass Angst normal ist. Wenn uns die Natur die Angst nicht mit auf den Weg gegeben hätte, wäre die gesamte Menschheit bereits ausgestorben. Denn nichts würde uns dann davon abhalten, lebensgefährliche Risiken einzugehen. Angst ist also ein Mechanismus, der uns zu überleben hilft. Allerdings ist die Angst bei vielen Menschen extrem ausgeprägt, ja, sie schlägt bei vielen in eine regelrechte Phobie um. In Phasen einer Krise können sich Ängste bis ins Unendliche steigern. Die Wissenschaft weiß heute, dass die meisten Dinge, vor denen wir Angst haben, dann doch nicht eintreten, nur etwa fünf Prozent unserer Ängste sind realistisch. Es treten also nur fünf Prozent der von uns befürchteten Dinge tatsächlich ein. Das Ausmaß der Angst ist also in erster Linie ein mentales Problem. Ein Mittel, das rasch gegen Ängste hilft, sind Gespräche mit positiven und erfolgreichen Menschen. Denn positive und erfolgreiche Menschen werden dich auch entsprechend positiv und erfolgreich besprechen. Dieses Besprechen ist nichts anderes als eine Form der Suggestion, in diesem Fall eine Fremdsuggestion, also eine Fremdbeeinflussung. Sobald du mit einem Menschen in Kontakt trittst, beeinflusst dich dieser; ob dabei eine verbale Kommunikation stattfindet oder nicht, spielt keine Rolle. Auch die nonverbale Kommunikation, also die reine Körpersprache, beeinflusst uns bereits. Wenn aber jeder einzelne Kontakt mit einem anderen Menschen eine Beeinflussung darstellt, dann ist letztendlich doch nur entscheidend, mit welchen Menschen wir uns umgeben – positiv eingestellten oder negativ. Als weiteres Mittel gegen Ängste hilft das Handeln! Wenn du Angst hast und still in deinem Kämmerchen leidest, wirst du garantiert nichts verändern. Am meisten hilft mir immer, mich hinzusetzen und etwas zu tun: einen Plan zu entwerfen, eine Strategie zu finden, mit jemandem zu reden etc. Durch das Handeln lenke ich mich ab, durch das Handeln entstehen – zumindest bei mir – neue Hoffnung und oft auch die besten Ideen. Meine erfolgreichsten Strategien habe ich nicht entworfen, als es mir gut ging, sondern in den Zeiten größter Not.

Reise in Gedanken in die Zukunft und stelle dir vor, du hättest deine Lebenskrise gemeistert. Betrachte diese positiven Bilder ausführlich, höre die Geräusche, die Stimmen, achte auf deine Gefühle angesichts des *Zukunftsbildes*, rieche die Düfte, die in der Luft liegen und, falls es gelingt, schmecke sogar etwas. Kurz: Konzentriere dich mit all deinen Sinnen auf die positiven Bilder, auf dein Happy End. Denke daran: Dein Unterbewusstsein kann nicht unterscheiden zwischen realen und imaginierten Bildern. Aber dein Unterbewusstsein wird auf die entsprechende Programmierung reagieren und dir helfen, die richtigen Entscheidungen zu treffen, die richtigen Schritte zu gehen, um aus der Krise herauszukommen.

Hass wird nicht durch Hass besiegt,
sondern durch Liebe.
GAUTAMA BUDDHA

Strategie 11: Vergeben und Verzeihen. Um einen weisen Yogi in Indien versammeln sich jeden Nachmittag seine Schüler, um seinen Weisheiten zu lauschen und von ihm zu lernen. Eines Tages besuchte ein arroganter und aggressiver junger Mann die Gruppe und provozierte den Yogi. Der Yogi saß nur da und lächelte. Daraufhin versuchte der junge Mann, ihn noch mehr zu provozieren. Er sprach Beleidigungen aus, er beschimpfte ihn, er versuchte, ihn zu demütigen. Der Yogi jedoch saß nur da und lächelte. Als der junge Mann immer weiter mit seinen Provokationen fortfuhr, erkannte er schließlich, dass er bei dem Yogi damit nichts erreichte, und verließ frustriert die Runde. Die Schüler des Yogis hatten dem Schauspiel ungläubig beigewohnt und fragten ihn nun: *„Sagt Meister, warum habt Ihr Euch nicht gewehrt? Warum habt Ihr zugelassen, dass er Euch so beschimpft?"* „Nun, meine lieben Schüler", sagte der Yogi, *„wie ist es denn, wenn euch jemand ein Geschenk machen will und ihr nehmt es nicht an? Wer hat dann das Geschenk?"* „Natürlich immer noch derjenige, der es schenken wollte", antworteten seine Schüler. *„Seht ihr",* lächelte der Yogi, *„und genau so verhält es sich mit Wut, Groll, Neid und Hass. Wenn wir diese Geschenke nicht annehmen, verbleiben sie bei dem anderen und er muss damit fortan leben."*

In der schwersten Zeit meiner Krise fühlte ich viel Groll und Wut, teilweise vielleicht sogar Hass gegen manch andere. Ich hegte diese negativen Gefühle gegenüber den Bankern, die beim ersten Regentropfen den Schirm zuklappten. Ich hegte diese negativen Gefühle gegenüber Investoren, die zu- und wieder absagten. Ich hegte diese negativen Gefühle gegenüber Mitarbeitern, vor allem in Führungsetagen, die bereits zu Beginn der Krise das Weite suchten und wie Ratten das sinkende Schiff verließen. Ich hegte Groll gegenüber Trainerkollegen, die nun hämisch auf mich herabschauten und teilweise in der Öffentlichkeit zum Besten gaben, dass meine Pläne utopisch gewesen seien und ich mich selbst überschätzt hätte. Ich hegte Groll auch gegenüber so manchem Journalisten, bei dem ich nicht verstand, warum er in unglaublich polemischer Art und Weise auf mir herumtrampelte, als ich schon geschlagen am Boden lag.

Ich rechnete auch mit etlichen Personen ab, die mir sehr wehgetan hatten, und dann passierte Folgendes: Ich verspürte Lust, in der Bibel zu lesen, so wie ich es immer wieder gern tue. Ich gab dem Gefühl nach und bat, wie stets, wenn ich in der Bibel lese, Gott vorher darum, dass ich durch die Lektüre etwas erkennen, etwas erfahren oder seine Stimme hören möge. Ich hatte kaum zu lesen begonnen, als ich plötzlich vernahm: Verzeihen!

Ich hörte irgendeine Stimme, die mir das sagte. Meine Augen füllten sich langsam mit Tränen und mein Körper bebte und zuckte. Weniger, weil ich diese Antwort bekam, denn immer wieder erhalte ich von Gott Antworten, wenn ich ihn frage, sondern weil ich wusste, was er mir damit sagen wollte, und weil ich spürte, dass sich alles in mir dagegen wehrte. Denn in mir war so viel Verletztheit, so viel Schmerz, aber auch so viel Groll und Hass, dass ich die Vorstellung nicht ertragen konnte, jetzt einfach zu verzeihen und alles loszulassen. Alles in mir wehrte sich dagegen, denn einiges, was mir andere angetan hatten, erschien mir einfach unverzeihlich. Ich hatte unglaublichen Schmerz erlebt – und nun sollte ich einfach so verzeihen?

Verzeihe, denn das ist etwas, was du noch lernen musst, hörte ich die Stimme wieder, *ich muss ja auch dir so viel verzeihen, nicht wahr?* Ich hoffe, dass ich dich mit diesem Erlebnis nicht allzu sehr erschrecke. Aber wer regelmäßig betet, wird feststellen, dass Gott tatsächlich mit ihm spricht – wenn wir ihm zuhören und ihn um Antworten bitten, dann schweigen und warten. Plötzlich wurde mir klar: Natürlich! Wie viel hatte ich in meinem Leben falsch gemacht, wie viele Menschen hatte ich verletzt, wie viele Menschen hatten Grund, auf mich wütend zu sein oder mich gar zu hassen! Und verlangte ich selbst nicht auch von Gott, mir zu verzeihen und mich so zu lieben, wie ich bin, trotz meiner Fehler?

Alle mir bekannten Religionen sprechen von der Macht des Verzeihens. Aber jetzt, wo ich selbst verzeihen sollte, bemerkte ich, wie leicht es ist, darüber zu reden, und wie schwer, es dann auch wirklich zu tun. Vergeben und Verzeihen ist nicht leicht!

Kann man denn wirklich alles verzeihen? Ist nicht manches unverzeihlich? Nun, vor kurzem las ich in einem Zeitungsartikel, in dem es über missbrauchte Kinder ging, also über eines der wohl abscheulichsten Verbrechen, das es gibt, dass neunzig Prozent aller Personen, die Kinder missbrauchen, selber in ihrer Kindheit missbraucht wurden. Kann man also als *guter* Mensch sicher sein, dass man nicht genauso geworden wäre wie diese Verbrecher, wenn man als Kind das Gleiche erlebt hätte?

Wir können solche Taten nicht vergessen, aber wir können verzeihen. Wer nicht verzeihen und vergeben kann, dem sollte bewusst sein, dass er sich selbst damit das größte Leid antut. Denn Neid, Wut, Hass und Groll sind die größten Energiezerstörer, die es gibt. Nichts wird Erfolg im Sinne von Glück und Zufriedenheit mehr verhindern als das Festhalten an diesen negativen Gefühlen. Und nichts zeigt unsere spirituelle Entwicklung so deutlich auf wie die Fähigkeit zu verzeihen und zu vergeben. Ich arbeite noch daran. Vergeben ist ein Schlüssel zum Glück!

Erst nach dem Umfallen zeigt das
Stehaufmännchen, was es kann.
ERNST R. HAUSCHKA

Strategie 12: Gib niemals auf! Eines Nachts brannten die Fabrikgebäude von Thomas A. Edison, dem genialen Erfinder, bis auf die Grundmauern nieder. Als Edison vor den rauchenden Trümmern seines Werkes saß, eine Decke um die Schultern geschlungen, kamen seine Mitarbeiter und versuchten, ihn über den schrecklichen Verlust hinwegzutrösten. Das Gebäude war stark unterversichert, zusätzlich waren alle Unterlagen seiner Forschungen verbrannt. Als sie aber versuchten, ihn aufzurichten, blickte er sie an, lächelte und sagte: *Ihr müsst mich nicht trösten. Es geht mir gut. Seht es doch einmal von der Seite: All unsere Fehler, die wir bisher gemacht haben, sind hier mit verbrannt. Wir haben nun die Möglichkeit, vollkommen neu zu beginnen.* Zirka acht Monate später wurde in der neuen Fabrik das Grammophon erfunden. An diese Geschichte Edisons erinnerte ich mich in meinen dunkelsten Stunden. Meine Familie und ich haben materiell praktisch alles verloren. Das Wesentliche, was wir noch besitzen, ist unser Wissen, unser Glaube und unsere Hoffnungen. Doch von Tag zu Tag verstärkt sich der Glaube in uns, dass wir es wieder schaffen werden. Ich kann mich auf ein Referenzerlebnis – meine erste Krise mit einundzwanzig Jahren – stützen, die mir gezeigt hat, dass aus der tiefsten Krise heraus oft der beste Neustart möglich wird. Ich weiß, dass es manchmal sogar notwendig ist, eine solche Zeit zu durchleben, um anschließend noch besser zu sein.

Vor einiger Zeit las ich die Geschichte von John McLoughlin. Der Artikel trug den Titel: *Gib niemals auf!*

John McLoughlin ist Polizist. Polizist in New York. Er ist einer von fünf Menschen, die aus den Trümmern des World Trade Centers lebend geborgen wurden. Fast 3000 Menschen dagegen kamen bei diesem fürchterlichen Terroranschlag ums Leben. McLoughlin überlebte, weil beim Einsturz der 110 Stockwerke Zwischenräume entstanden, die Zuflucht boten. Unter meterdicken Trümmern überlebte er, wenngleich schwer verletzt. Er musste über 20 Operationen an seinen zerquetschten Beinen und an seinem Becken über sich ergehen lassen, zwischendurch fielen die Nieren und die Lungen aus. Doch er hielt durch und schaffte es zu überleben. Als er zum ersten Mal vor die Mikrofone trat und gefragt wurde, welchen Rat er anderen Menschen in einer ähnlichen Situation geben könnte, antwortete er: *Es gibt immer Hoffnung ... Gib niemals auf!* Ja, genau darum geht es: Gib niemals auf!

> **In dem Moment, wo man aufhört**
> **zu träumen, stirbt man.**
> DR. ROBERT SCHULLER

Du magst hinfallen, aber wenn du aufstehst und weitergehst, wirst du deine Träume leben können. Es gibt nur zwei Dinge, die dich zum Versager werden lassen:

1. Nie damit zu beginnen, deine Träume zu leben!

2. Wenn du unterwegs hingefallen bist, aufzugeben und liegen zu bleiben!

Es ist nicht einfach, eine Krise zu überwinden. Es kostet unsere ganze Kraft, manchmal erscheint es uns, als ob wir es nicht schaffen würden. Und doch geht es immer weiter und weiter – wenn wir es wollen! Wenn wir die Hoffnung nicht aufgeben, wenn wir den Glauben bewahren und durchhalten. Immer wieder durchhalten! Immer weitermachen! Immer aufstehen! Das Leben ist zwar keine Einbahnstraße, aber letztendlich ist alles, was passiert, zu deinem Nutzen, denn du wirst daran wachsen!"

19.

Glaube ist Vertrauen und Vertrauen ist Liebe.
KERSTIN HÖLLER

Mit diesem Spruch auf der Leinwand endet der letzte Vortrag des ersten *Powerdays*. Die Moderatorin kündigt das Lied *„Up where we belong"* von Joe Cocker an. Jürgen Höller und seine Mitarbeiter tanzen auf der Bühne. Der Text erscheint auf der Leinwand und alle singen mit.

So viel positive Energie hält Eva kaum aus. Höllers Geschichte und wie er sein Leben meistert und immer wieder aufsteht, hat Eva sehr mitgenommen. Ihre Probleme kommen ihr nun sehr klein vor. Mit Tränen in den Augen verlässt sie die Seminar-Halle und irrt durch die Gänge. Plötzlich hört sie schnelle Schritte hinter sich und jemand nimmt ihre Hand. Es ist Heribert.

„Was machst du hier?"

„Ich habe dich gesucht und gefunden, war gar nicht so einfach in der Menge", antwortet er.

„Warum?"

„Die haben mir eine Gehirnwäsche verpasst."

„Aber du hast doch dein Ticket weg geschmissen."

„Das hab ich wieder aus dem Papierkorb geholt. Außerdem war ich ja bereits angemeldet."

Heribert führt Eva in eine Ecke und küsst sie. Eva erwidert seinen Kuss und spürt wieder diesen Schmerz im Herzen. Ihr Körper zittert und die Knie werden weich. Sie sinkt in seine Arme und sagt: "Halt mich fest."

Draußen atmet Eva tief durch. Die frische Luft tut richtig gut. Heribert nimmt ihre Hand und erzählt seine Geschichte.

„Mir ist klar geworden dass ich endlich meine Vergangenheit loslassen muss. Was mir passiert ist, hat mich dazu gebracht, dass ich keiner Frau mehr vertrauen kann. Die Mutter meiner Kinder hatte nach der Trennung üble Gerüchte über mich verbreitet und alle Leute gegen mich aufgehetzt. Sie hatte mich beschuldigt, mich an meinen Kindern vergangen zu haben. Das hatte sie sich alles ausgedacht, um sich an mir zu rächen, weil ich abgehauen war. Sie hatte mich sogar angezeigt und allen Leuten im Ort davon erzählt. Alle hatten mit dem Finger auf mich gezeigt und niemand wollte mehr etwas mit mir zu tun haben. Kannst du dir vorstellen, wie ich mich gefühlt habe? Ich mochte kaum noch aus dem Haus gehen. Das schlimmste war, dass mir der Kontakt zu meinen Kindern verboten wurde. Der großer Sohn von Laura hatte die Gerüchte überall weiter verbreitet. Mit einer Bande Krimineller sind sie bei mir eingebrochen und haben die Wohnung komplett verwüstet. Die wollten mich platt machen. Glücklicherweise war ich zu dem Zeitpunkt nicht zu Hause. Ein Mieter von mir hat mich auf die Gerüchte angesprochen. Er hat sich bereit erklärt, vor Gericht für mich auszusagen. Erst seit ich mit Hilfe seiner Zeugenaussage meine Unschuld

245

beweisen konnte, darf ich meine Kinder wieder regelmäßig sehen. Ich liebe meine Kinder."

Er bleibt stehen, schaut Eva tief in die Augen und fügt hinzu: „Und ich liebe dich."

Happy End

Danksagung

Ich danke Jürgen Höller und seinem Team für alles, was ich als Teilnehmerin in den „Powerday-Seminaren" gelernt habe und insbesondere dafür, dass ich Jürgen Höller und Originalzitate aus seinen Seminaren und Büchern in meinem Roman verwenden darf. Dank seiner Motivationsseminare habe ich endlich den Mut aufgebracht, dieses Buch zu schreiben. Auch meinen Testleserinnen Susann, Martina und Emma herzlichen Dank!

Juliane Drechsel, geboren am 28.01.1956 in Maulburg (Kreis Lörrach), Fotojournalistin, Fitnesstrainerin und Weltenbummlerin aus Leidenschaft, lebt und arbeitet in Neumünster. Sie begleitet Busgruppen als Reiseleiterin durch ganz Europa. Sie hat ein Sportmagazin herausgegeben, Kurzgeschichten und Bücher über Begegnungen, fremde Länder und magische Plätze geschrieben.

Sie liebt Reisen, Tiefgang und das gedruckte Buch. Sie macht gerne aus Alltäglichem etwas Besonderes. "Tränen am Meer " ist ihr erster Roman in der Reihe „Urlaub mit Heribert". Das Buch ist für Menschen, die sich an Witzigem, Tiefgründigem und guten Fragen erfreuen.

Seit einigen Jahren betreibt sie diverse Websiten, auf denen sie sich fotografisch und textlich austobt. Mehr Infos und Bilder gibt es hier:

http://www.juliane-drechsel.de

Zeitfracht Medien GmbH
Ferdinand-Jühlke-Straße 7
99095 Erfurt, Deutschland
produktsicherheit@kolibri360.de